DU

REMBOURSEMENT

ET DE

LA CONVERSION

DE LA RENTE 5 P. $^0/_0$.

IMPRIMERIE DE BOURGOGNE ET MARTINET,

RUE JACOB, N. 30.

DU REMBOURSEMENT

ET DE LA

CONVERSION

DE LA RENTE 5 P. %,

PAR

Jules Ouvrard fils.

*

DEUXIÉME ÉDITION.

*

PARIS,

LIBRAIRIE DE CHARLES GOSSELIN ET Cie,

9, RUE SAINT-GERMAIN-DES-PRÉS.

M DCCC XXXVIII.

DU

REMBOURSEMENT

ET

DE LA CONVERSION

DE

LA RENTE 5 %.

———

Une mesure de la plus haute gravité occupe en ce moment les esprits.

La presse, ou pour parler plus exactement, une partie de la presse, retentit de manifestations publiques, et invoque les sympathies nationales en faveur de la conversion de la rente 5 p. 0/0. Elle annonce même que des mandats impératifs viennent d'être donnés aux députés. La question est-elle réellement aussi avancée qu'on le prétend, et le vœu de la France s'est-il exprimé d'une manière formelle à cet égard dans les colléges électoraux ?

Il est permis de répondre négativement. Si

dans plusieurs professions de foi, si dans quelques assemblées préparatoires, il a été fait mention de la réduction de la rente, le nombre en est très restreint; l'immense majorité des colléges n'a pas même prononcé le nom de conversion, et nulle part surtout on ne trouve la trace de ces prétendus mandats imposés aux nouveaux élus. Les préoccupations des partis ont pu voir dans de simples conversations, dans l'expression de quelques opinions individuelles, une intention formulée; mais, en réalité, le pays très avide de lumières sur cette question, n'a aucunement et nulle part manifesté sa volonté.

Les mandats impératifs n'existent donc pas; et pourrait-il en être autrement? Est-ce bien le moment, où cette doctrine est généralement condamnée, que les électeurs eussent choisi pour en faire l'application à une question de finances aussi ardue, aussi mal comprise encore, et qui partage les opinions des hommes spéciaux. De quel poids pourrait être, s'il existait véritablement, un vœu vague, non réfléchi, émis évidemment sans connaissance de cause. Le public a-t-il étudié la matière, peut-il avoir des idées faites sur l'utilité, sur les moyens d'exécution, sur la possibilité même d'une conversion de rentes? on ne saurait l'admettre. Qu'il se prononce sur la *justice* d'une mesure; que dans les questions politiques sa volonté soit forte, prépondérante, décisive, rien de plus naturel; le progrès des lumières a mis aujourd'hui la politique à la portée des masses, et l'opinion est la reine du monde.

Mais, en matière de finances, pour des objets aussi essentiellement hors de son domaine, s'efforcer d'ameuter cette opinion en l'égarant, et l'invoquer comme positive, alors qu'elle est à peine exprimée, c'est compromettre sa force, c'est porter atteinte au respect qui lui est dû, quand elle apparaît appuyée sur la justice et la raison. Une pareille manifestation, si elle était incontestable, ne pourrait jamais être considérée que comme une simple demande d'économies, et n'en laisserait pas moins une liberté entière pour la discussion, l'adoption ou le rejet de toute mesure destinée à les accomplir.

Néanmoins, cette question a été agitée trop souvent depuis deux ans; elle est l'objet d'une préoccupation trop générale, pour que le moment ne soit pas venu de l'approfondir. Il y a d'ailleurs nécessité de prendre un parti; le 5 p. o/o est paralysé par cette menace inces-sante de remboursement, et il en résulte sur tous nos fonds, et par suite sur toutes les va-leurs, une dépréciation, une pesanteur, qui ra-lentissent les transactions, maintiennent à un prix trop élevé le taux de l'intérêt, et qui, en se prolongeant, énerveraient les forces vitales du pays. C'est donc un devoir pour le gouver-nement de ne plus retarder une discussion com-plète, décisive; c'en est un pour les hommes qui ont étudié la matière, d'apporter le tribut de leurs réflexions.

Fort de cette conviction, je vais essayer de traiter la question sous les différents points de vue qu'elle embrasse, et j'examinerai successi-vement,

1° Si elle est juste et légale;

2° Si elle est utile;

3° Si elle est praticable par les moyens pro-posés jusqu'ici;

4° Si elle est opportune;

5° Enfin, quelle doit en être la solution.

LA MESURE EST-ELLE LÉGALE?

Dans un gouvernement constitutionnel comme le nôtre, la légalité d'une proposition sera toujours le point capital à établir. Notre système de publicité ne comporterait pas de dispositions arbitraires, basées sur l'injustice, et justifiées seulement par une utilité plus ou moins contestée. Mais c'est à propos de mesures financières surtout, qu'une équitable et rigoureuse appréciation des lois est indispensable; car le crédit public c'est la justice, le respect de tous les intérêts, l'exécution scrupuleuse de tous les engagements; hors de là, la confiance se perd, la fortune publique n'existe plus, violence et crédit sont deux ordres d'idées essentiellement antipathiques.

Ce qui a singulièrement embarrassé la discussion jusqu'ici, c'est que, par la plus étrange préoccupation, on a toujours confondu la conversion de la rente avec le remboursement. Cependant ce sont deux opérations fort distinctes; la conversion conserve la nature du titre; elle en modifie seulement la forme en réduisant l'intérêt. Le remboursement anéantit le titre, en soldant le capital; il est d'ailleurs à l'abri de la plupart des reproches que l'on adresse avec juste raison à la réduction; rien n'est donc plus dissemblable.

Ceci posé, l'État a-t-il le droit d'exiger la conversion, et d'imposer une réduction d'intérêt à ses prêteurs ou rentiers? Il le peut, sans doute, comme on a pu décréter jadis la banqueroute et le maximum, par l'abus de la force, l'oppression du faible; mais alors il ne faut plus parler de bonne foi, de fidélité aux engagements; il faut renoncer au crédit public, à la prospérité du pays, le condamner au déficit et à la misère; car rien dans les lois anciennes et nouvelles n'autorise une pareille manière de procéder : toutes donnent une sanction formelle à la validité, à l'inviolabilité du titre; et il en est une qui interdit positivement *toute retenue présente et future*. Ce principe n'a jamais été méconnu en Angleterre (1). Aussi, les partisans éclairés

(1) En 1822, à propos de la réduction de la rente des 5 en 4 p. o̲o̲, le chancelier de l'Échiquier rappelait à la chambre des communes que le parlement avait le droit d'obliger les porteurs de rentes à accepter le remboursement du capital, mais

de la réduction du 5 p. o/o n'invoquent-ils d'autre droit que celui du remboursement, et la
conversion n'est-elle à leurs yeux qu'une transaction offerte, et non imposée par l'État aux
rentiers, pour éviter les inconvénients et les
dangers respectifs du remboursement.

Mais si la conversion ne peut être exigée légalement, le remboursement lui-même est-il
fondé en légalité, en justice?

Cette question est grave, et a été tranchée beaucoup trop légèrement par ceux qui ont admis
l'affirmative. Si ce droit était aussi clair qu'ils
le prétendent, on ne le discuterait pas depuis
1824.

La justice du remboursement dépend de sa
légalité; et cette justice n'a rien à faire avec le
prix originaire d'émission de la rente 5 p. o/o.
Que cette émission ait été onéreuse ou non pour
l'État, sa position vis-à-vis des rentiers n'en
éprouve aucun changement. De nombreuses
mutations, exécutées sur la foi publique et
d'après la loi du contrat, ont transmis ces ren-

qu'il ne pouvait les contraindre à la conversion dans une autre
nature de fonds, une semblable conversion ne pouvant être de
leur part qu'une transaction volontaire.

tes de mains en mains; les porteurs actuels,
quelle que soit la différence de leur prix d'acquisition, ont tous aujourd'hui les mêmes droits;
et le gouvernement est leur débiteur au même
titre, sans préférence ni exception. Inutile donc
de se perdre en distinctions arbitraires, c'est en
vertu des lois qu'il peut exister un droit; c'est
ce droit légal qu'il s'agit uniquement d'examiner.

Les deux opinions, j'ai presque dit les deux
partis, qui se sont prononcés pour et contre
cette légalité, ont fait ce qu'on voit dans toutes
les discussions; ils ont puisé dans nos diverses
législations ce qui était favorable à leur système,
en dissimulant ce qui leur paraissait contraire.
Pour former son jugement, il faut donc oppo-
ser les arguments contradictoires, et rétablir les
textes qui ont été omis ou dénaturés. Il va sans
dire que je néglige une foule de raisonnements
évidemment inadmissibles, et que je ne tiens
compte que de ceux qui ont sérieusement occupé l'attention.

Les partisans de la légalité du remboursement s'appuient 1° « sur ce qu'il n'a jamais
» existé, en France, de rentes non remboursa-

» bles ; et 2° sur l'article 1191 du Code civil,
» ainsi conçu :

« La rente constituée en perpétuelle est es-
» sentiellement rachetable. »

« Ils disent que le droit de remboursement,
» inhérent à la nature de la dette, n'a pas besoin
» d'être expressément formulé, et qu'il faudrait
» au contraire une renonciation expresse de la
» part de l'Etat pour l'anéantir ; que rien dans
» les lois anciennes ne contient, n'indique
» même l'idée d'une pareille renonciation, et
» que, depuis l'établissement du gouvernement
» constitutionnel, le principe du rembourse-
» ment a été reconnu, notamment dans les lois
» de 1825 et 1833 ; que d'ailleurs les Anglais,
» nos maîtres en crédit public, n'ont jamais con-
» testé la légalité du remboursement, et l'ont
» même appliquée plusieurs fois ; et qu'en
» tout cas la Charte constitutionnelle, permet-
» tant l'expropriation pour cause d'utilité publi-
» que, la rente ne saurait être plus inviolable
» que toutes les autres propriétés, et doit subir
» les mêmes chances. »

Les adversaires se fondent « 1° sur ce que la
» dette est constituée en *rentes perpétuelles sans*

» *désignation de capital;* 2° sur ce que, par la
» loi du contrat, l'obligation précise de l'État
» fut de payer annuellement une somme fixée,
» et non d'être débiteur d'un capital dont il
» repoussait l'existence, il ne saurait lui être
» aujourd'hui loisible de créer, après coup, ce
» capital pour la commodité du rembourse-
» ment. Ils soutiennent que nulle part ce droit
» de remboursement n'est stipulé, et qu'il est
» d'autant moins permis de l'ajouter arbitraire-
» ment, qu'un mode particulier de rachat (l'a-
» mortissement), exclusif de toute idée de rem-
» boursement, a été institué dans une des lois
» constitutives de la dette; que le Code civil, la
» Charte et les lois de 1825 et 1833, étant pos-
» térieurs à la création des rentes, sont entière-
» ment inapplicables en cette occasion; et enfin
» que la mesure proposée n'est rien moins qu'une
» banqueroute, au moyen de laquelle on veut
» dépouiller encore une fois les créanciers de
» l'État. »

Pour ne pas s'égarer au milieu de ce feu
croisé d'argumentations, il faut s'empresser de
reconnaître ce point capital, que la loi du
24 août 1793 est le fondement de la dette pu-

blique, et que toute la question se réduit à une saine appréciation de cette loi, combinée avec celle des 9 vendémiaire et 8 nivose an VI, du 21 floréal an x et de 1817, qui ont définitivement constitué le crédit public. Le remboursement est-il ou n'est-il pas autorisé par ces lois fondamentales? Tout est là; les moyens accessoires que l'on indique de part et d'autre sont futiles ou inadmissibles, ainsi qu'il est facile de le démontrer.

Qu'importe, par exemple, que les rentes aient toujours été remboursables sous l'ancien régime? est-ce bien à propos de crédit public qu'il peut être permis de nous rappeler des temps où l'arbitraire était la seule règle, où la dilapidation des finances a fini par enfanter une immense révolution? Quel modèle à offrir à un pays constitutionnel! Rétorquant l'argument, serait-il donc si déraisonnable de répondre : « L'ancien régime, qui a constamment gaspillé la fortune publique, admettait le remboursement des rentes ; donc, nous qui voulons la conserver et la défendre, nous devons la repousser. » D'ailleurs, le titre des rentiers est postérieur, il est authentique, revêtu de toutes les formes légales; c'est donc lui seul qu'il est permis d'invoquer; et si l'on veut induire de cet appel aux temps antérieurs que le droit de remboursement soit absolu, sans limites, et n'ait pas besoin d'être stipulé, il en résulte qu'il a pu s'exercer à toute époque, même au-dessous du pair, sans règles aucunes, sous le bon plaisir des gouvernants; doctrine qui ne tendrait à rien moins qu'au bouleversement de tout notre système financier.

Le Code civil est évidemment sans application. Dans la législation de la dette publique, tout est exceptionnel; il y a dérogation expresse au droit commun. La rente a été déclarée insaisissable, à l'abri de toutes oppositions; elle est exempte de l'impôt foncier; ni charges locales, ni droits de mutation ne la frappent, et des officiers spéciaux président à sa transmission. Certes, c'est bien là une position qui ne ressemble à aucune autre; et veut-on savoir où conduirait nécessairement cette prétention de la soumettre au Code civil? Ce ne serait plus du remboursement *au pair* qu'il s'agirait, ce serait seulement de la restitution du capital versé originairement à l'État; c'est-à-dire qu'il aurait à rembourser aux uns 50, aux autres 60, 70, 90, et cela en dépit de toutes les transmissions survenues postérieurement. Qui ne reculerait devant des conséquences aussi monstrueusement absurdes?

Enfin, ce qui paraît décisif, les rentiers pourraient-ils invoquer le droit commun contre l'État, leur débiteur? Pourraient-ils, en cas d'insuffisance dans les garanties offertes, en cas de retards prolongés dans le paiement des arrérages, forcer le rachat de la dette, comme le permet l'article 1912 du même code? Auraient-ils le pouvoir de faire pratiquer des saisies, de s'emparer des propriétés, de la personne de leur débiteur, d'user enfin de toutes les facultés réservées par la loi aux créanciers? Si cet usage leur est interdit, comment serait-on admis à faire valoir contre eux le droit commun si impuissant à les protéger? Il faut le reconnaître, l'article 1911 du Code civil, si concluant en apparence, trouve une réfutation complète dans nos diverses lois de finances et dans l'article 1912.

L'argument tiré des lois de 1835 et 1833 n'a aucune espèce de solidité; faites postérieurement à l'émission de toutes les rentes qu'on veut atteindre, elles ne peuvent en modifier le contrat. Si elles le confirment, leur appui est inutile; si elles lui sont contraires, elles le violent expressément; et la violence ne saurait constituer un droit.

Il en est de même de l'appel fait à la Charte constitutionnelle. Si elle permet, en termes généraux, l'expropriation pour cause d'utilité publique, je dirai sans détours qu'il est loisible au gouvernement d'exproprier tout le monde, excepté ses créanciers. La raison, l'équité, le bon sens le plus vulgaire, le veulent ainsi. Que le possesseur d'un champ, d'un bois, d'une maison, où de grands travaux publics doivent s'exécuter, soit contraint d'en faire la cession en vue d'une utilité générale, je comprends la nécessité et la justice de ce sacrifice purement individuel; mais que l'État, débiteur, ait le droit *d'exproprier* en masse les rentiers, ses préteurs, c'est ce qu'il est impossible d'admettre; et il doit être bien entendu, une fois pour toutes, que de débiteur à créancier, *l'expropriation* est un vol. Je cherche en vain une qualification moins sévère. La Charte, d'ailleurs, exige une indemnité préalable, égale à la valeur *actuelle* de la chose expropriée; et alors, à quelles conséquences ce système nous conduirait-il?

Je ne pousserai pas plus loin la réfutation de ce singulier moyen, présenté à l'appui de la question de légalité, et je ne parlerai pas des nombreuses formalités prescrites en matière d'expropriation, et dont assurément personne ne conseillerait l'application dans cette circonstance.

Enfin le nom de banqueroute a été hautement prononcé. Par rapport à la conversion, si elle était forcée, je l'admets, puisqu'il est démontré et reconnu que toute réduction d'intérêt non consentie est illégale; mais, quant au remboursement, c'est bien l'abus le plus extravagant que l'on puisse faire d'un grand mot. Si l'on peut appeler *banqueroute* le remboursement d'une rente calculée au denier vingt, il faut en convenir, l'espèce en est toute nouvelle, aucun code n'en a jamais prévu de semblable, et les rentiers du *tiers consolidé*, je ne crains pas de l'affirmer, l'auraient *subie* avec la plus haute reconnaissance. C'est pourtant avec de pareilles exagérations que l'on éternise les discussions en donnant des armes à ses contradicteurs.

Laissons donc de côté tous ces hors-d'œu-vre, et voyons ce que décident les lois qui forment la base de notre dette publique.

La loi du 24 août 1793, *contresignée Robespierre*, a eu pour but de fondre toutes les dettes de l'État en une seule, régularisée ainsi que le démontre l'article 6, conçu en ces termes : « Le grand-livre de la dette publique sera le titre unique et fondamental de tous les créanciers de la république. »

C'est donc bien cette loi qui forme le point de départ de la dette actuelle.

A-t-elle prévu et autorisé le remboursement?

Oui, d'une manière formelle, disent les uns ; elle n'en dit pas un mot, répondent les autres.

De part et d'autre il y a erreur et dissimulation de la vérité ; il faut rétablir les faits.

La pensée première de la loi de 1793 a été évidemment d'alléger le trésor public, en réduisant au simple paiement des intérêts toutes les créances dont on était accablé, et auxquelles il était impossible de satisfaire. Le législateur ne s'est donc occupé que de trouver un mode qui mît l'État à l'abri de toutes répétitions au sujet des capitaux; de là, la création des rentes perpétuelles et la formation d'un grand-livre. Quant à la libération définitive de l'État, on ne paraît pas même y avoir songé; et au fait, il s'agissait de bien autre chose. La loi ne stipule donc rien sur le droit de remboursement, et il n'est pas exact de dire qu'elle en reconnaisse formellement le principe; toutefois, il est vrai qu'elle en prononce plusieurs fois le nom, dans un chapitre de détails intitulé : *Des saisies et oppositions* (1). Mais quel est ce remboursement, quel sera son mode, ses condi-

(1) Chapitre XLIV. *Des Saisies et Oppositions.*

Art. 185. Il pourra être formé, sur les objets compris dans le grand-livre de la dette publique, deux sortes d'oppositions : les unes sur le *remboursement* ou l'aliénation de la propriété; les autres, sur le paiement annuel.

Art. 186. Les oppositions sur le *remboursement* ou l'aliénation de la propriété ne pourront arrêter le paiement annuel; de même celles sur le paiement annuel ne pourront gêner le *remboursement* ou l'aliénation de la propriété.

Art. 187. Les oppositions sur le *remboursement* ou l'aliénation de la propriété, quel que soit le lieu du paiement annuel, ne pourront être faites qu'entre les mains des commissaires de la

tions, la loi n'en dit pas un mot; et elle ne
pouvait rien prescrire, puisque ce n'est qu'incidemment qu'elle en parle. Toujours est-il que
le *remboursement* y est, qu'il figure dans ses
dispositions réglementaires comme un droit
acquis, prévu, sur lequel elle ne juge pas nécessaire de s'expliquer. Et en effet, en l'absence
de toutes prescriptions spéciales, il est difficile
de ne pas reconnaître que le remboursement
était le seul moyen de libération qui restât à

trésorerie nationale, au bureau établi par la loi du 19 février
1792. Celles sur le paiement annuel seront faites entre les mains
du payeur chargé d'en acquiter le montant.

Art. 189. Les oppositions qui seront faites à la trésorerie ex-
pliqueront clairement si elles sont relatives au *remboursement* ou
aliénation de la propriété, ou si elles frappent seulement sur le
paiement annuel, ou enfin si elles portent sur les deux objets;
faute de cette désignation précise, l'acte d'opposition ne sera pas
visé, et sera comme non-avenu.

Art. 192. Le préposé à la conservation des oppositions formées
directement à la trésorerie nationale fera mention, par une simple note de numéros de renvoi sur le grand-livre de la dette publique, des oppositions au *remboursement* et aliénation de la propriété. Il fera mention, sur les feuilles du paiement annuel, des
oppositions qui seront faites audit paiement : par ce moyen, les
parties prenantes seront dispensées du rapport du certificat de
non-opposition.

la disposition de l'État, à moins qu'on n'aime mieux prétendre que cette libération ne dût jamais s'effectuer. (À cet égard, il n'est pas sans importance de remarquer que la dette publique est placée ici sous l'empire du droit commun, dont les lois postérieures l'ont affranchie; ainsi elle est soumise aux droits de saisies et d'oppositions, aux droits de mutations, et même au paiement de la contribution foncière (1).)

Pour faire cesser cette obscurité de la loi, on a cru devoir exhumer un rapport de Cambon à la Convention; mais ce rapport, fort obscur lui-même, n'a servi qu'à embrouiller davantage la question, puisqu'il est impossible de déterminer précisément s'il a trait au *remboursement*, ou au *rachat* de la dette. Au reste toute discussion à cet égard me paraît superflue; car, n'ayant aucune sanction législative, ce rapport ne pour-

---

(1) Chapitre XXXII. *De la Contribution et de la Dette publique.*

Art. 111. Toute la dette publique inscrite sur le grand-livre sera assujettie au principal de la contribution foncière, qui sera réglée chaque année par le Corps-Législatif.

Art. 112. Le paiement de cette contribution sera fait par retenue sur les feuilles du paiement annuel de la dette publique.

rait, dans aucun cas, former titre pour l'une ou l'autre opinion; il vaudrait tout au plus comme explication; mais une explication ne peut suppléer à une loi.

En créant des rentes *perpétuelles*, la loi de 93 a-t-elle voulu, comme le prétendent les adversaires de la légalité, imprimer à ces rentes un caractère de durée indéfinie, exclusif de toute idée de remboursement? Il n'est pas permis de le penser. La bonne foi et la raison ordonnent également de reconnaître que les mots *rentes perpétuelles*, sont placés là en opposition à ceux de *rentes viagères* que la loi régularise en même temps. C'est un titre distinctif et voilà tout: mais on ne pourrait en induire un droit de perpétuité pour les rentes ainsi qualifiées, sans arriver directement à des conséquences absurdes.

Il n'est pas plus exact de dire que la loi, bien loin d'admettre l'idée d'un capital, le repousse formellement. Il est vrai qu'elle ne stipule rien de précis; mais, comme pour le remboursement, elle en parle incidemment à plusieurs reprises, elle le laisse supposer.

Ainsi, à l'occasion de la conversion des assignats en inscriptions sur le grand-livre (1), et plus bas au sujet de l'admission de la dette publique en paiement des domaines nationaux et de ce qui est dû à la nation, il est positivement fait mention du taux *de 5 p. o⁄o du denier vingt, du denier dix-huit, du denier seize* (2). N'est-

(1) Chapitre XXXI. *De la Conversion des assignats en une inscription sur le grand-livre de la dette publique.*

Art. 109. Le payeur principal de la dette publique justifiera au bureau de la comptabilité, par les procès-verbaux de brûlement, que l'augmentation de la dette publique est égale à l'intérêt à *cinq pour cent* du montant des assignats annulés et brûlés.

(2) Chapitre LXV, art. 196. L'évaluation du capital de l'inscription à faire sur le grand-livre sera calculée, savoir, pour ceux qui paieront leur acquisition d'ici au 1er janvier 1795, à raison du *denier vingt*; pour ceux qui paieront du 1er janvier au 1er juillet 1794, à raison du *denier dix-huit*, et pour ceux qui paieront, du 1er juillet au 31 décembre de la même année, à raison du *denier seize.*

Art. 203. Pour constater le montant primitif dudit capital, l'inscription sur le grand-livre de la dette publique sera calculée à raison du *denier vingt*.

Chapitre LXVI. Art. 203. Les créanciers directs de la nation, et ceux qui auront été forcés de recevoir de leurs débiteurs leur remboursement par le transfert de l'inscription sur le grand-livre, et qui se trouveront en même temps débiteurs de la nation pour toute autre cause qu'à raison de la recette ou du dépôt des deniers publics, ou par l'acquisition des domaines nationaux,

ce pas transitoirement et pour deux ou trois cas tout-à-fait spéciaux, que la loi contient ces indications? Cela est possible, et ces variations du *denier vingt au denier dix-huit, au denier seize*, pourraient peut-être le donner à penser. Il n'en résulte pas moins que si la loi ne fixe pas positivement un capital invariable, elle est bien loin de le proscrire.

La législation subséquente fournit quelques éclaircissements à ce sujet. La loi du 8 nivôse an VI, sur l'organisation d'un nouveau grand livre pour le tiers consolidé, énonce aussi le *denier vingt* comme base d'évaluation du capital (1); et enfin la loi du 21 floréal an X décide que la dette publique prendra à l'avenir le nom de 5 p. 0/0 *consolidés*, qu'elle a conservé depuis (2).

Ce n'est encore dans la première de ces lois

autres que ceux mentionnés en l'article 202, pourront donner en paiement leur inscription sur le grand-livre, calculée à raison du *denier vingt*.

(1) Art. 2. Les parties compri es dans l'état de liquidation de la dette constituée, seront inscrites au nouveau grand-livre pour le tiers du montant en rente, calculé sur le pied du *denier vingt* de la liquidation totale.

(2) Art. 1. La partie de la dette publique constituée en perpétuelle, portera à l'avenir le nom de *cinq pour cent* consolidés.

qu'un taux indicatif, établi pour un but spé-
cial, et, dans la seconde, qu'une qualification
nouvelle substituée à une autre tombée dans le
discrédit. Mais d'abord ce changement dans le
nom de la dette avait nécessairement un motif,
et ce motif ne pouvait être que la volonté de
fixer invariablement l'évaluation définitive du
capital. 5 p. o/o n'aurait aucun sens, s'il ne si-
gnifiait pas que 100 francs sont la représentation
de 5 francs de rente; et en outre, cette persistance
des diverses législations à reproduire pour cer-
tains cas l'évaluation de la dette en capital, établit d'une manière évidente, ce me semble, que
l'existence de ce capital, quoique non stipulée
formellement au moment de la création des
rentes, n'en est pas moins un fait acquis, à l'é-
gard duquel on n'a jamais entendu faire aucune
renonciation. La rédaction de la loi est incomplète sans doute, mais son intention est suffisamment démontrée.

On s'est armé contre la conversion, de la loi
du 9 vendémiaire an VI, cette loi de sinistre
mémoire, qui d'un trait de plume annulait les
deux tiers de la dette publique, et on y a vu
un obstacle absolu à toute réduction, parce

qu'en *réduisant* ces deux tiers, elle *consolide* le troisième et le déclare exempt de *toute retenue présente et future* (1). On ne peut en disconvenir, l'objection est invincible ; la *consolidation* du dernier tiers était une fiche de consolation offerte aux rentiers dépouillés , une promesse, devenue indispensable, de ne plus les réduire à l'avenir, et l'article 98 a eu pour but de lever toute incertitude à cet égard. On aura beau disputer sur la signification grammaticale du mot *consolidé*, chercher à faire entendre que cette renonciation à toute retenue *présente et future*, n'avait pour objet que d'abroger la disposition qui soumettait la dette à la contribution foncière et au droit d'enregistrement ; on ne changera pas la signification des mots ; on n'empêchera pas qu'une *consolidation* ne soit une garantie positive contre toute agression

---

(1) Art. 98. Chaque inscription au grand-livre de la dette publique, tant perpétuelle et viagère, que liquidée ou à liquider, sera remboursée, pour les deux tiers , de la manière établie ci-après ; l'autre tiers sera conservé en inscriptions au grand-livre, et payé sur ce pied, à partir du deuxième semestre de l'an v.

Le tiers de la dette publique conservé en inscriptions est déclaré exempt de *toute retenue présente ou future.*

nouvelle, et que l'exemption de *toute* retenue *future* ne soit un abandon absolu pour l'avenir, sans application au passé ou au présent. La rhétorique la plus habile vient échouer ici contre la raison et le bon sens public ; et ne dites pas, pour esquiver la difficulté , que cette renonciation ne doive profiter en tous cas qu'aux seuls rentiers spoliés par cette réduction des deux tiers , car M. le rapporteur de la commission nommée par la Chambre pour examiner la proposition de M. Gouin, vous répondrait que toute distinction entre les rentes créées antérieurement et postérieurement est impossible ; qu'en droit et en fait, elles ont été confondues entre elles par toutes nos lois, et par les innombrables transmissions qui ont eu lieu ; que les possesseurs, renouvelés mille fois , ont les mêmes droits, sont soumis aux mêmes obligations, et qu'une classification quelconque serait l'acte le plus odieux et le plus antifinancier que l'arbitraire pourrait enfanter.

La réduction est donc formellement interdite, comme je l'avais indiqué en tête de ce chapitre ; mais, il faut le répéter encore, la réduction n'est pas le remboursement. Les rentiers du tiers consolidé n'ont pu voir dans l'article 98 la garantie qu'on ne les rembourserait pas un jour *au pair*, c'est-à-dire qu'on ne leur paierait pas 100 francs ce qui alors en valait à peine 7 à 8 sur la place ; l'annonce seule d'une pareille *précaution en leur faveur* eût paru la plus cruelle de toutes les dérisions. Consolidation , exemption de retenues, garanties de toute nature, n'invalident en rien la faculté de rembourser, et si la loi du 9 vendémiaire an VI tranche clairement la question de la réduction, elle n'effleure pas même celle du remboursement.

C'est dans la loi du 21 floréal an X, qu'il faut chercher le plus fort argument contre ce droit si contesté. En même temps qu'elle attribue à la dette constituée le nom *de 5 p. o/o consolidés*, cette loi établit un mode de libération spéciale, en créant l'amortissement. « Qui dit amortissement dit remboursement, car l'amortissement n'est qu'un remboursement partiel (1). » Eh bien ! s'écrie-t-on, si la loi du 21 floréal consacre le remboursement *partiel*, elle exclut

(1) M. Humann, séance du 5 février 1836.

par cela même tout remboursement *général*. La libération par l'amortissement, c'est-à-dire par un moyen doux, insensible, forme partie intégrante du contrat passé entre l'État et ses prêteurs, et il ne lui appartient pas de le modifier seul, après coup, pour forcer la volonté de ses créanciers. Rembourser au lieu d'amortir, ou rembourser et amortir tout à la fois, c'est également violer la loi organique du 21 floréal an x, c'est déchirer la première page du grand-livre.

Cette objection est très grave. L'amortissement peut être en effet considéré comme un mode de libération créé ou substitué à celui qui existait auparavant. Ce mode, d'une action quotidienne, méthodique, ennemi de tout ébranlement, en même temps qu'il convient aux exigences de crédit, a pu apparaître aux rentiers comme une garantie qu'après avoir, dans des circonstances malheureuses, fait un appel à leurs écus, on ne viendrait pas brusquement, au temps de prospérité, les leur jeter à la tête, quand ils n'en ont pas l'emploi. Ils ont été fondés à croire que le rachat successif de la rente était le seul moyen de libération adopté par l'État dans son intérêt comme

dans le leur, et que ce système de rachats partiels serait toujours un obstacle à ce qu'ils fus-
sent pris au dépourvu, ou contraints dans leur
volonté. Je ne crois pas cependant que cette
objection soit concluante contre le droit de
remboursement, et je vais essayer d'y répondre, tout en reconnaissant qu'elle est puissante,
et de nature à partager les opinions.

D'abord, je n'admets pas que l'amortissement soit un remboursement proprement dit,
même partiel; c'est une extinction. Le remboursement est le résultat de la volonté du
gouvernement, agissant dans son intérêt seul;
l'action de l'amortissement est subordonnée à
l'intérêt et au libre arbitre du rentier; l'un est
un acte imposé, l'autre essentiellement volontaire; l'un a lieu à jour fixe, à un taux invariable; l'autre à volonté, au cours de la place.
Il y a entre eux toute la distance qui sépare un
cas de force majeure d'une transaction amia-
ble; le premier anéantit le titre, la valeur; le
second les retire seulement de la circulation,
non pour les détruire, mais pour en profiter
et en accroître sa puissance. Enfin, sans entrer
sur l'amortissement dans des développements

que le sujet ne comporte pas , on voit déjà que
ce sont deux opérations fort dissemblables dans
leur but 'et dans leurs effets, et qu'à moins de
stipulations expresses, l'une n'est pas nécessairement exclusive de l'autre.

D'ailleurs l'Angleterre, cette terre classique
du crédit, à qui nous avons emprunté l'idée et
la forme de notre dette publique, l'Angleterre
a décidé chez elle le principe du droit de remboursement, concurremment avec l'existence de
l'amortissement, dont la suppression est d'une
date toute récente. Cette autorité, sous le point
de vue de la légalité, est irrécusable, et nos
rentiers n'ont jamais pu penser devoir être
traités avec plus de faveur que les rentiers anglais. Il faudrait pour cela que l'assiette de notre dette publique ne fût pas identique avec la
leur; qu'elle contînt des stipulations substan-
tielles d'une nature diamétralement contraire
à la puissance de cette argumentation. Les adversaires du remboursement l'ont senti, puisqu'ils se sont efforcés d'établir la réalité de ces
différences essentielles , en prétendant que
l'engagement de l'Angleterre est stipulé en capital, tandis que celui de la France est stipulé

en rentes ; mais ils n'ont réussi qu'à élever une dispute de mots. En fait, il n'est pas exact de dire que toute la dette anglaise soit constituée en capital ; une petite partie seulement, créée avant 1793, est constituée comme on l'indique; mais les emprunts les plus considérables sont postérieurs (1); ils ont presque tous été effectués, à l'intérêt de 3 p. 0/0, en capital nominal comme les nôtres, dans une forme et avec des stipulations presque entièrement semblables. Cette prétendue différence existât-elle d'ailleurs, pourrait-on y voir autre chose qu'une simple question de rédaction, et serait-il possible d'en arguer contre le droit de remboursement chez nous, lorsque dans leur organisation, leur forme, la mise en œuvre, jusque dans les détails d'exécution, les deux dettes sont en tous points d'une analogie parfaite? Une seule différence se fait remarquer : l'Angleterre s'est expressément réservé le droit de remboursement; tandis qu'en France la législation n'en parle qu'incidemment, comme n'ayant pas besoin

(1) De 1793 à 1815, la dette, montant à cette première époque à cinq milliards, a été augmentée de quinze milliards, ou six cent seize millions cent lle francs de rentes.

d'être formulé. Cette rédaction de la dette française est incomplète sans doute, mais elle n'est pas de nature à en modifier le principe, qui reste identique dans les deux pays, et conduit nécessairement aux mêmes conséquences. Ce n'est pas ici que l'exemple de l'Angleterre peut être utilement répudié.

La loi de 1817, base de tous les emprunts de notre régime constitutionnel, ne fournit aucun secours à cette discussion si importante. En créant de nouvelles rentes, qui forment aujourd'hui la plus forte partie de notre dette, elle les assimile sous tous les rapports aux anciennes, les soumet à la législation antérieure, et ne contient aucunes prescriptions dérogatoires ou explicatives. C'est, il faut l'avouer, que le remboursement était loin alors de toutes les idées, et que, sous l'empire d'embarras qui paraissaient inextricables, il était rejeté dans un avenir dont on n'osait envisager le tableau. La France n'avait pas encore montré toute sa puissance.

En résumé, le Code civil, la Charte, toutes les lois antérieures ou postérieures à la constitution de la dette publique sont inapplicables.

La conversion ou réduction est expressément interdite. Il n'en est pas de même du remboursement.

Si la loi du 24 août 1793 ne stipule pas d'une manière formelle le droit de remboursement, et l'existence d'un capital pour la rente 5 p. 0/0, elle en parle et les reconnaît tous deux implicitement.

L'amortissement, établi par la loi du 21 floréal an x, n'est pas nécessairement exclusif de la faculté de rembourser.

Enfin, l'exemple de l'Angleterre, qui n'a jamais hésité à reconnaître la justice et la convenance de cette faculté, paraît déterminant.

Le droit de remboursement me semble donc appartenir à l'État ; néanmoins, il est l'objet de contestations trop graves pour que le gouvernement puisse en faire une application rigoureuse, sans un but de grande utilité bien constatée.

C'est ce que je vais examiner.

LE REMBOURSEMENT ET LA CONVERSION PRÉSENTENT-ILS
UN CARACTÈRE DE VÉRITABLE UTILITÉ ?

Les partisans de la conversion se sont principalement laissé séduire par l'économie qu'ils supposent devoir en résulter pour le trésor ; économie à laquelle se joint, comme conséquence naturelle, l'espoir de voir réduire les impositions et alléger les charges des contribuables. Si c'était là l'unique résultat qu'on dût en attendre, elle ne mériterait pas les honneurs d'une longue discussion. Qu'est-ce en effet, sur un budget de plus d'un milliard, qu'une épargne de quelques millions, auprès de la difficulté et du danger même d'une telle entreprise ? S'embarque-t-on dans une semblable opération, au risque de l'ébranlement général qui peut s'ensuivre, pour n'en retirer qu'un aussi médiocre avantage ? L'intérêt des contribuables est respectable sans doute, c'est un devoir d'en prendre la défense ; mais il ne faut pas abuser de ce grand mot, et l'invoquer à tout propos sans raison ni fondement. Quel allégement les contribuables puiseraient-ils dans

ce faible bénéfice du trésor, en supposant
qu'on l'appliquât en entier à leur décharge?
Suivant le système de conversion adopté, les
uns l'évaluent à 7, à 13 millions, les autres à
17 millions ; prenons ce dernier chiffre : ré-
parti sur 33 millions d'habitants, il offre par
tête un dégrèvement de 53 centimes; ce serait
1 fr. 60 c. pour 100 fr. d'impôts, et 3 fr. 20 c,
par cote électorale de 200 fr.

Mais il faudrait un esprit bien porté aux illusions, pour ne pas voir que les 13 ou 17 millions n'auraient pas une telle destination, et
qu'ils seraient bien vite absorbés, sans qu'il y
parût, dans le gouffre du budget. Ce n'est pas
que je veuille prétendre que toute économie ne
soit pas bonne à faire, quand on le peut; comme
un autre, en ma qualité de propriétaire, je suis
grand partisan des économies, surtout quand
elles doivent se résoudre en dégrèvements
réels et véritablement profitables ; mais je
soutiens que cet aspect de la question est
tout-à-fait secondaire ici, et qu'il est inutile de
faire sonner si haut l'intérêt des contribuables,
qui n'y gagneront rien, tandis que les 200,000 familles de rentiers y perdront beaucoup.

Le grand avantage que l'on doit rechercher
dans la conversion, celui qui doit attirer toute
l'attention, c'est la baisse de l'intérêt de l'argent. Il faut le reconnaître, le cours des effets
publics exerce une influence immense sur le
taux de l'intérêt dans les transactions particu-
lières; et s'il est plus ou moins élevé sur telle
ou telle place, il hausse ou baisse partout dans
la même proportion, suivant le mouvement de
progrès ou de dépréciation de ces valeurs of-
ficielles. Toutes les fois qu'une cause acciden-
telle vient à déprécier les cours, la réaction sur
les affaires privées est immédiate, la confiance
s'ébranle, le mouvement commercial est ralenti, les capitaux se resserrent, l'intérêt de
l'argent s'élève : c'est que, par la multiplicité et
la facilité de ses opérations, par la publicité qui
les accompagne, la rente est devenue le moteur
principal des capitaux, le véritable régulateur
de l'intérêt.

La baisse du taux de l'intérêt devra toujours
être accueillie comme un bienfait pour l'agriculture, l'industrie, le commerce, puisqu'elle
offre partout à bon marché des instruments de
travail, puisqu'elle rapproche de la conception

la facilité d'exécution. En activant les affaires, et en augmentant les valeurs , elle ajoute à l'aisance, cette source de toute consommation , et, dans une sphère d'idées plus élevées, elle présente au gouvernement une garantie pour ses besoins extraordinaires, en améliorant la condition des emprunts à venir. Soit qu'on l'envisage sous le point de vue d'utilité générale ou privée, on ne peut refuser d'y reconnaître un puissant élément de prospérité.

Le remboursement et la conversion sont-ils destinés à doter la France de ce grand bienfait? Je suis très éloigné de le penser, et je n'hésite pas à dire que la conversion, ou même le remboursement , qui lui est bien préférable , ne rendraient pas les services qu'on en attend, et agiraient en sens inverse du but auquel on aspire. Ce n'est pas à coups de hache que l'on manie les finances d'un pays , et tous les mouvements brusques et saccadés leur sont hostiles. L'amortissement, au moyen de ses rachats, est le seul mode rationnel, financier, favorable au crédit, de produire la baisse de l'intérêt par l'élévation graduelle du capital; et ce résultat on l'obtient ainsi sans dangers et sans efforts. Une discussion sur les avantages de l'amortissement à la naissance de notre crédit, m'entraînerait trop loin de mon sujet; il suffira, pour éclairer la matière, de se reporter un instant à la création de la dette publique, et de l'examiner dans son principe et dans ses effets.

Bien des gens sont encore imbus de cette idée, que la dette ou les rentes constituées dues par l'État, sont un fardeau dont on ne saurait assez tôt le débarrasser, et qu'un pays est plus pauvre de tout ce qu'il doit.

Cette opinion erronée provient de ce que l'on veut toujours raisonner du particulier au général, et assimiler la fortune publique aux fortunes privées. Le particulier possède des capitaux qu'il peut perdre, l'État n'a que des revenus, abstraction faite de toute idée de capital. Le premier peut se ruiner par les emprunts, parce qu'un jour ou l'autre la nécessité du remboursement doit l'atteindre, et que, dans la mise en œuvre de son avoir, tout ce qu'il paie est perdu pour lui sans retour; l'État, au contraire, dégagé par une dette constituée de l'obligation de rembourser, trouve dans les dépenses mêmes qu'il fait au profit des fortunes individuelles dont il est l'allié intime, tous les éléments de prospérité qui ressortent de la multiplication de ses rapports et de la combinaison générale des affaires. La même cause produit donc, suivant la différence des positions, deux effets diamétralement opposés.

Sans doute pour une peuplade au berceau, pour quelques tribus nomades vivant dans une position inaccessible, n'ayant ni communications à établir, ni commerce d'échange à faire, ni agressions extérieures à craindre, sans doute le crédit public n'aurait aucun sens, et serait un auxiliaire au moins inutile; mais on ne saurait, en Europe surtout, concevoir l'existence d'une grande société civilisée se maintenant dans un isolement parfait, n'acceptant aucunes relations, n'ayant rien à attendre ni à redouter de personne. Un peuple ainsi constitué est un être de raison, une chimère; et s'il est vrai que tout gouvernement soit obligé trop souvent d'avoir recours à des efforts extraordinaires pour suffire à de grands besoins à l'intérieur, ou pour assurer son indépendance au dehors, le crédit ou la dette publique sont, non pas le meilleur, mais le seul moyen d'y satisfaire complétement.

On commence à le reconnaître, c'est dans le crédit public que l'Angleterre a trouvé le fondement principal de sa richesse, et l'arme la plus puissante dans sa grande lutte avec Napoléon; tant il est vrai qu'il est le plus fort levier d'un gouvernement, et que la politique n'a pas de plus solide appui. En France même, depuis qu'une dette y est établie, la prospérité n'a-t-elle pas suivi une progression qui a dépassé de beaucoup tous les calculs? Sous l'Empire, l'intérêt était à plus de 6 p. 0/0; et n'a été abaissé que par la création du numéraire fictif de la dette, qui a imprimé une si grande impulsion aux affaires, et décuplé les capitaux. En 1814, la dette ne s'élevait qu'à 65 millions de rentes (1,300 millions), et on ne pouvait réaliser d'emprunts aux conditions les plus onéreuses; en 1837, la dette se monte à 254 millions de rentes (plus de 5 milliards), et l'on parle de réduire le 5 0/0! Quel développement! et quel argument en faveur du crédit!

Toutes les fois que la paix a régné dans un pays, les revenus publics ont été croissants, a dit M. Duchâtel. — Sans doute la paix sera toujours un grand bienfait, un puissant élément de prospérité; mais elle a existé à bien des époques de notre histoire, sans jamais produire des résultats aussi prodigieux. En quel temps a-t-on vu les valeurs aussi élevées, la circulation et les transactions aussi actives, les services publics aussi faciles, l'aisance aussi générale? En 1789, la France était en paix depuis vingt ans, et les caisses étaient vides, les finances en désordre, le malaise régnait partout, et un déficit de 50 millions (somme insignifiante aujourd'hui) devenait le prétexte, sinon la cause, d'une immense révolution. La paix seule n'est donc pas suffisante pour produire toutes ces merveilles, et il faut surtout en faire honneur à notre système financier.

Une maxime devenue vulgaire, c'est que la fortune des gouvernements réside dans la richesse des peuples; mais il ne suffit pas que cette richesse privée existe, il faut encore, pour qu'elle devienne profitable à tous, un moteur puissant, un élément attractif qui, par un mouvement doux, naturel et continu, fasse affluer vers un centre commun l'argent qui surabonde, non pas pour le mettre en réserve et par là le rendre infructueux, mais pour le res-

tituer immédiatement à la circulation, et augmenter l'aisance de chacun, en lui imprimant
un nouveau degré d'impulsion. Or, cette force
d'action permanente n'est autre qu'un bon système de finances, fondé sur le crédit ou la
dette publique.

Une dette publique perpétuelle, respectée
comme elle doit l'être, est donc le principal
mobile de la circulation des capitaux nécessaires à toutes les transactions ; c'est une valeur
nouvelle ajoutée à celles qui existent déjà.
Comme les autres héritages, les contrats de
rentes deviennent une propriété, entrent dans
le patrimoine, dans les successions, et sont
même souvent préférés en raison de leur grande
facilité de transmission et de division; c'est en
un mot un véritable numéraire, qui augmente
la facilité des affaires, et met en jeu les diverses ressources du pays. Aussi, toute diminution
qu'on lui fait subir, bien loin d'être désirable,
comme on est trop disposé à le croire, est un
appauvrissement proportionnel, une atténua-
tion des fortunes privées, et par suite de la
fortune publique, qui n'en est que la représentation et l'assemblage.

Est-ce à dire pour cela qu'en augmentant indéfiniment sa dette, un État soit plus *riche* de tout ce qu'il doit? Non sans doute, l'exagération peut tout gâter ; mais par la même raison qu'on ne repoussera pas un aliment, le vin par exemple, à cause de l'abus ou du mauvais usage qu'on peut en faire, de même on devra accueillir comme un bienfait l'emploi d'une dette proportionnée aux ressources et aux besoins, sagement combinée dans ses moyens de libération et d'écoulement, servie avec fidélité, et dont enfin toutes les conditions de sûreté et d'exactitude se trouvent remplies. Si au contraire le service en est mal fait, si les paiements ne sont pas assurés, si le manque de foi et de prudence préside à ses moyens d'action, alors le prestige est détruit avec la sécurité, l'institution viciée, et, je suis prêt à en convenir, la dette cesse d'être une valeur, pour devenir le plus lourd et le plus dangereux de tous les embarras.

On a dit souvent que, dans le système de la dette publique, on soulageait le présent aux dépens de l'avenir ; qu'en véritable égoïste, on escomptait le bien-être de la postérité. Ce repro-

che est fondé quand il tombe sur les emprunts
à échéances fixes. Grever un État d'un remboursement de capitaux à jour donné, c'est en effet
le conduire à grands pas vers la suspension de
paiement, l'insolvabilité, la banqueroute; car
la fortune publique ne se compose que de revenus, et l'État ne peut employer à sa libération
que ses rentrées annuelles, c'est-à-dire le produit des impôts, dont l'exagération est impossible, ou tout au moins dangereuse et défavorable
aux contribuables et au trésor.

Mais une dette perpétuelle, constituée en rentes, et dont le capital n'est jamais exigible, est à
l'abri de tous ces dangers. C'est le réntier lui-
même qui paie volontairement les emprunts,
parce que, pouvant à tout instant disposer de son
capital, et certain d'en toucher l'intérêt à jour
fixe, sans défalcation aucune, il résiste à toute
pensée d'épargne, de précaution, et se livre avec
confiance à une dépense, à une consommation
plus grande (excédant qui, pour chaque rente
créée, produit au fisc, par le moyen des contributions indirectes, au moins la somme nécessaire pour en payer l'intérêt et l'amortissement);
bien différent en cela du propriétaire, qui, dans

la crainte de retard de ses fermages, d'avaries dans ses récoltes, d'accidents fortuits, de mauvaises chances de diverses natures, est toujours disposé à vivre de privations, résiste à tout surcroît de consommation, et réserve ses ressources qu'il détient inertes, pour parer à des cas urgents, ou d'une prévision au-dessus de notre humaine faiblesse.

Si l'on pouvait suivre dans toutes les voies multipliées qu'elle parcourt, cette masse de revenus payée annuellement aux créanciers de l'État, on admirerait comme cette répartition répand la richesse et l'activité dans le commerce, dans l'industrie, dans toutes les transactions; comme elle ajoute aux produits de l'impôt, par l'accroissement de toutes les valeurs, et l'élan qu'elle imprime à la consommation; comment enfin, après avoir parcouru les vastes canaux de la circulation, elle retourne au trésor, qui la restitue bien vite à de nouveaux services.

Le rentier est le plus grand consommateur, celui qui remplit les caisses du fisc, qui répand l'aisance sur toutes les industries qu'alimente la consommation. La plus légère atteinte portée à son bien-être aura donc un contre-coup funeste, puisqu'on ne doit pas perdre de vue que, créancier de l'État, il est à son tour débiteur, au moins de tous ceux qui ont aidé à ses dépenses, c'est-à-dire qui lui ont fourni leurs denrées, leur travail, leur temps, et qui ont eux-mêmes des engagements semblables à remplir. C'est ainsi que, de créanciers en créanciers, le mal se propage ; que, par des voies inaperçues, il atteint tout le monde, et augmente de violence en s'étendant. Aucunes conditions, aucunes classes de la société n'en sont exemptes, tant il est vrai que le grand principe, d'où partent tous les moyens d'impulsion, ne saurait impunément désordonner ou même réduire son action.

Maintenant, ces principes admis, et je les crois incontestables, l'application découle tout naturellement. La conversion, c'est l'opération inverse de la création de la rente, c'est la répudiation de tous ses avantages, c'est la stérilité mise à la place d'une abondante fécondité. La dette a créé des capitaux, augmenté l'aisance, vivifié tous les centres d'action, donné un grand développement à la consommation ; la réduction restreint et appauvrit toutes les valeurs, sans en excepter la propriété, diminue l'aisance, resserre toutes les facultés, et porte atteinte à cette consommation. La première donne le mouvement, la seconde imprime la langueur ; car la seule présence inerte des espèces ne suffit pas pour les rendre utiles ; c'est l'activité, c'est le renouvellement continuel de la circulation qui contribue au bien-être général, et les admet au bienfait d'une perpétuelle reproduction.

Au milieu de cet allanguissement de la société, que devient l'économie de ces quelques millions dont on se promettait tant d'avantages? Le trésor en est allégé, il est vrai, mais les transactions sont ralenties, les valeurs dépréciées, l'intérêt de l'argent augmenté ; mais le mouvement de réaction a gagné tous les foyers de dépenses ; les droits de mutation diminuent, le produit des contributions indirectes fléchit, les caisses du fisc cessent de se remplir. On paie en moins un cinquième, un dixième de la rente; mais le caissier des impôts de consommation signale un déficit important. Où est le bénéfice? Où retrouver cet alignement si desiré des recettes et des dépenses, ce budget normal tant préconisé?

Qu'on ne dise pas que ce sont des chimères
inventées à plaisir, un épouvantail sans fondement; non, c'est un fait acquis, actuel. Dans
les deux mois qui se sont écoulés du 8 janvier
au 8 mars 1836, l'annonce seule du remboursement a fait diminuer les rentes inscrites sur le
grand-livre de 526,000 francs, et celles inscrites sur les livres départementaux de 147,000 fr.,
sorties presque en totalité des mains des petits
rentiers, et passées dans celles des spéculateurs;
tandis que pendant les deux mois correspon-
dants de 1835, les premiers n'avaient éprouvé
qu'une diminution de 16,000 francs, compen-
sés à peu près par un accroissement de 13,000 fr.
dans les seconds.

Aujourd'hui le renouvellement de cette menace a inquiété tous les intérêts, arrêté les transactions, affecté les valeurs, notamment les valeurs industrielles, déprimé enfin le cours de
nos fonds par une baisse de plusieurs francs;
ce sont là des faits contre lesquels tous les raisonnements sont impuissants. Je sais bien que
la peur exagère le danger, qu'elle dépasse les
limites du froid calcul; mais n'est-ce rien déjà
contre une pareille mesure que la peur du mal,

qui suffirait seule pour le créer terrible, incalculable, si d'ailleurs il n'était démontré que, de quelque manière qu'on l'entende, la conversion portera une grave atteinte à l'aisance générale, et dépréciera tous les capitaux productifs?

L'amortissement retire aussi les rentes de la circulation, mais quelle différence! Il ne s'attaque qu'au trop plein, à celles qui surabondent, et dont la présence serait une cause d'encombrement. Son action est régulière, inaperçue, sans secousses aucunes; c'est une assistance bénévole et non pas une coërcition. Les valeurs qu'il retire, il les paie en versant ses écus sur la place, et ces valeurs il ne les détruit pas, il les conserve; elles augmentent sa puissance d'acheteur permanent, quotidien, en même temps qu'elles concourent avec lui au mouvement d'ascension et de progrès de celles qui sont restées dans le public.

Il y a entre ces deux opérations toute la distance du bien au mal, du déficit à l'abondance.

Si le remboursement est à l'abri de quelques uns des reproches adressés à la réduction, il n'en présente pas moins les plus graves inconvénients, surtout quand il s'agit d'opérer sur une

masse d'au moins cent millions de rentes (plus
de deux milliards). Un remboursement sur une
pareille échelle, c'est une perturbation générale, et presque un coup d'État financier. De
quelque manière qu'on procède, il en résulte
nécessairement un déclassement considérable
de ces valeurs qui, abandonnées par les gens
de repos, par les véritables rentiers, tombent
dans le domaine de la spéculation, et reviennent constamment inonder la place qu'elles
écrasent. La concentration exagérée des sommes nécessaires pour le remboursement inter-
rompt le cours ordinaire des affaires, et entrave
toutes les industries qui vivent sur le crédit.
De toutes ces causes réunies surgissent les crises
financières, ces fléaux qui mettent en question
la fortune publique, et laissent après leur passage la désolation et la ruine dans les familles.
Envisagé sous le point de vue le plus favorable,
le remboursement est au moins un ébranlement, et le crédit comme l'aisance, qui se
trouvent si bien d'une impulsion douce et insensible, ont horreur de tous les mouvements
brusques et trop tranchés.

Un point important à remarquer, c'est que

les étrangers, et notamment les Anglais, pos-
sèdent une masse de rentes s'élevant à plus de
vingt millions. Ils ont été appelés dans nos
fonds par la confiance que notre crédit leur in-
spire, et plus encore par l'appât d'un intérêt
beaucoup plus élevé que celui de leur pays. Ces
rentiers, la conversion et le remboursement les
chassent également; l'intérêt, rapproché de celui de leurs propres fonds, n'a plus assez d'at-
trait pour justifier l'expatriation de leurs capitaux, qu'ils placeront de préférence chez eux,
même à un taux inférieur, pourvu que cette in-
fériorité ne soit pas trop forte; l'esprit national, auquel viennent se joindre l'amour-propre
et la mauvaise humeur des intérêts froissés, re-
prend ici tout son empire. 20,000,000 de rentes
perdues pour notre consommation, 400,000,000
de capitaux désertant le sol français, voilà le
résultat possible, probable même, du remboursement. Quel vide dans notre circulation! quelle
cruelle compensation de ces mesquines économies dont on se plaît à nous bercer!

On a cédé à une singulière préoccupation en
faveur du remboursement. On a dit que les
rentiers, recevant leur argent et ne sachant

qu'en faire, seraient obligés de le reverser dans le public, et que l'agriculture, le commerce et l'industrie seraient appelés à en profiter. Soit, je veux bien l'admettre; mais celui qui servira à opérer le remboursement, où le prendra-t-on? Croit-on le faire sortir de dessous terre? Ne faudra-t-il pas l'emprunter au commerce, à l'agriculture, à l'industrie? Et alors que gagneront-ils à toute cette manœuvre? Il y aura déplacement, rien de plus, et déplacement brusqué, violenté, brisant les positions et ébranlant l'assiette même du pays.

On a dit encore : « ou le remboursement ou »l'amortissement; il faut opter entre ces deux »systèmes. » Pourquoi donc opter? N'y a-t-il pas toujours danger, en finances surtout, à changer de système sans nécessité? et cette nécessité de changement d'où la voit-on ressortir? Notre organisation financière n'a-t-elle pas créé une prospérité sans exemple, répandu l'aisance dans les caisses publiques et privées? Ne s'appuie-t-on pas précisément sur cet état de surabondance des capitaux, pour demander le remboursement? C'est donc cette prospérité que l'on veut changer, puisque l'on parle d'option entre un système qui a fait de si belles preuves, et une idée qu'on ne sait encore comment réduire à l'état d'application. C'est un spectacle vraiment étrange de voir avec quelle facilité légère, adoptant toutes les nouveautés, on ne craint pas de lancer le pays dans des essais toujours dangereux, souvent nuisibles, et trop rarement confirmés par l'expérience.

L'Autriche aussi a cru pouvoir trancher dans ses finances, et essayer de la conversion (1). Elle a bientôt été obligée de s'arrêter, après avoir vu le nouveau fonds s'affaisser, ses prêteurs essuyer de grandes pertes, et son crédit frappé d'impuissance dans les emprunts postérieurement tentés. Telle doit être la fin de toutes ces entreprises, conçues dans un étroit esprit d'imitation, sans tenir compte des exigences ni des principes constitutifs de la fortune publique.

D'ailleurs, la conversion d'une dette perpétuelle en une autre moins onéreuse, n'est pas une mesure que l'on puisse improviser ou forcer; il faut d'abord que l'intérêt soit tout au plus, au même taux que celui de la rente destinée à être offerte en remplacement.

(1) Discours de M. d'Argout, séance du 22 mars 1836.

Or, est-il bien établi que l'intérêt soit, en France, à 4 ou même à 4 1/2 p. 0/0 ? Sans vouloir invoquer ici la recherche difficile de la moyenne de l'intérêt, il est permis de répondre négativement. Le 5 p. 0/0 donne encore 4 3/4 (sous le coup du remboursement il est vrai) ; le 3 p. 0/0 donne moins, mais il offre en échange une perspective d'augmentation sur le capital ; ce n'est pas là un placement, c'est une spéculation. Le 4 et le 4 1/2 sont trop peu importants pour être mis en ligne de compte.

Le trésor, dit-on, place facilement en bons royaux à 2 p. 0/0, les caisses d'épargne paient 4 p. 0/0, la propriété offre à peine 3 p. 0/0.

Autour de Paris l'intérêt est effectivement moins élevé; mais il ne faut pas s'appuyer de quelques faits particuliers, et voir toute la France dans la capitale. Si les caisses d'épargne donnent 4 p. 0/0, c'est en vertu d'une loi qui ne s'est nullement occupée du taux courant de l'intérêt, mais seulement de ne pas rendre trop lourde à l'État une charge qu'il assumait en faveur de capitaux minimes, d'un placement difficile, et par cela même peu exigeants sur le revenu.

Le trésor trouve des fonds à 2 p. 0/0 ; mais ce sont des capitaux oisifs, disponibles, que l'on veut avoir sous la main pour la première occasion, le premier caprice ; ce ne sont jamais des capitaux de placement.

Si l'intérêt de la propriété foncière est de 3 p. 0/0 à Paris et dans quelques localités privilégiées, il s'élève à 3 1/2, 4, et même plus haut dans la plupart des départements de l'intérieur. Le revenu des immeubles, d'ailleurs, ne servira jamais de base à l'appréciation du taux de l'intérêt ; ils sont placés dans une position exceptionnelle, en raison des jouissances qu'ils procurent, ainsi que des droits et priviléges qu'ils confèrent.

Ce qui est certain, incontestable, c'est que toutes les transactions, *hors Paris*, hypothécaires ou autres, se font au taux de 5 p. 0/0 ou au-dessus ; et je mets à part l industrie, qui emprunte à 8 et à 10 p. 0/0. Il ne faut donc pas trancher avec tant de facilité une question d'une appréciation aussi difficile et aussi arbitraire. Comme les liquides, l'argent trouve toujours son niveau ; on a beau répéter affirmativement que l'intérêt est à 4 p. 0/0 ; si on se trompe, s'il est réellement plus élevé, on fera des lois, on inventera des combinaisons de conversion, mais le public n'en tiendra aucun compte, et les fonds n'en resteront pas moins soumis à cette règle invariable : qu'on subit le taux de l'intérêt, et qu'on ne le décrète pas.

En effet, la loi de 1807, qui en a fixé le taux à 5 p. o/o en matière civile, et à 6 p. o/o en matière commerciale, n'a presque jamais reçu d'exécution, dans les transactions privées, qu'au moment où la rente est arrivée au pair. Jusque là, les prêts effectués sur les meilleurs gages ont eu lieu à un intérêt supérieur, et toujours en déguisant la vérité dans les actes. La loi n'a jamais été exécutée que dans les matières litigieuses, où le juge a condamné au paiement d'intérêts à 5 p. o/o seulement.

Au surplus, pour arriver au but que l'on veut atteindre, ce n'est pas l'intérêt de l'argent sur telle ou telle place qu'il faut rechercher, c'est le taux auquel l'État pourrait se procurer les sommes nécessaires au remboursement. Placerait-il cent millions de rentes à 4 p. o/o *au pair?* Je le nie formellement, et en cela je me trouve d'accord avec l'ancien ministre des finances (1), qui déclarait, il y a deux ans, la possibilité de trouver des prêteurs en 4 p. o/o à 98, ce qui même n'est rien moins que démontré.

Il faudrait de toute nécessité réaliser les emprunts *au-dessous du pair*, et dans l'état actuel des choses, le nouveau fonds s'affaisserait bientôt sous l'immense fardeau qu'il n'est pas de force à supporter. Qu'est-ce donc que votre conversion ? un chiffre menteur, et voilà tout ; car le chiffre appelé 4 p. o/o représentera réellement $4\frac{1}{2}$ ou 5, puisque ce n'est pas le taux nominal, mais le cours de la rente qui décide de l'intérêt.

Dans la discussion de cette mesure, on a beaucoup argumenté pour et contre les rentiers. Les partisans de la conversion les ont attaqués avec une véhémence qu'on aurait pu prendre pour de l'esprit de parti, tandis que les adversaires les ont défendus avec une sensibilité touchante, qui fait l'éloge de leurs cœurs, sans ajouter aucun poids à la force de leurs raisonnements ; je n'imiterai ni l'un ni l'autre

(1) Séance du 5 février 1836.

de ces exemples. S'il est peu convenable et hors de propos de se constituer en état d'agression contre un intérêt aussi respectable que celui des rentiers, de prétendre qu'il ont déjà trop gagné; que d'ailleurs on les a depuis long-temps avertis, et qu'il vaut mieux les fouler un peu que d'appauvrir tout un peuple (doctrine à l'aide de laquelle on justifierait tout, même la banqueroute), c'est étrangement rétrécir une aussi grande question, que de la resserrer dans les limites d'un intérêt purement personnel.

Les rentiers, dans les temps difficiles, sont venus au secours de l'État; ils ont donné leurs écus, dont le pays tout entier a profité; ils ont reçu en échange des titres peu recherchés alors, et laissant des craintes pour l'avenir; car rien n'est plus précaire et moins défendu que le capital prêté à l'État; à la merci de toutes les influences, il est réduit, augmenté, bouleversé par tous les événements, au gré de tous les caprices. Si les rentiers ont gagné, ils ont couru la chance de perdre, et nul n'a le droit de compter avec eux, surtout si l'on réfléchit que les prêteurs primitifs, les véritables acheteurs à 5o francs ont disparu, et que le grand-livre ne contient plus aujourd'hui que des rentes achetées à 95, 100 et 1o5 francs.

Mais la question est au-dessus de ces intérêts, tout importants qu'ils peuvent être ; elle embrasse la fortune du pays dans son ensemble, et c'est dans l'intérêt du crédit public seul, qu'elle doit être appréciée et résolue.

A la demande que je me suis adressée en commençant : Le remboursement et la conversion présentent-ils un caractère de véritable utilité ? je n'hésite pas à répondre par la négative. Ce n'est pas par des réductions mesquines, par des dégrèvements aux dépens des services, que l'on procède avec les finances d'un grand empire ; le meilleur système consiste à pousser à l'augmentation des recettes, à l'extension du bien-être, à l'accroissement de toutes les fortunes, de toutes les facultés qui se résolvent en contributions au profit de l'État.

S'engager dans le dédale de la conversion ou du remboursement, c'est, sans nécessité et sans avantage, compromettre l'avenir de la France, embarrasser pendant long-temps les ressources financières dont elle a besoin pour de grandes améliorations, et paralyser peut-être toutes ses forces vitales au moment du danger.

Je sais que l'on opposera l'exemple de l'Angleterre, qui plusieurs fois a converti une partie de sa dette ; mais j'espère démontrer dans le chapitre suivant, que cet exemple imposant ne peut recevoir chez nous aucune application : le faible périt où le fort a triomphé.

LA MESURE EST-ELLE PRATICABLE PAR LES MOYENS PROPOSÉS JUSQU'ICI ?

On cite à tout propos l'Angleterre, on veut édifier ou détruire, par la seule raison qu'elle édifie ou détruit, et l'on ne tient aucun compte de l'extrême différence de sa position avec la nôtre. L'Angleterre a converti, il faut que nous convertissions ; ce motif suffit pour entraîner toutes les convictions, et nous ne nous inquiétons seulement pas de rechercher dans quelle situation financière, dans quel but elle a agi, quels moyens elle a employés, avec quelles précautions elle a procédé; nous ne voyons que le fait dans son isolement, et nous courons servilement à l'imitation. Aussi que de fautes, que d'erreurs, que de regrets tardifs !

La position financière de l'Angleterre ne ressemble à aucune autre. N'ayant pas de voisins, nulle inquiétude de l'extérieur, elle jouit de la plus grande indépendance dans ses mouvements; son industrie ne craint aucuns rivaux; son commerce, base essentielle de sa puissance, ne connaît aucunes entraves ; son crédit, dont l'établissement remonte à une époque déjà reculée, est passé dans les mœurs, a contracté toute la force d'une vieille habitude , et ses impôts indirects suffisent seuls aux quinze cents millions qu'elle distribue annuellement pour ses dépenses.

L'Angleterre est l'entrepôt des richesses du monde entier, et le centre commun de tous les capitaux, de toutes les relations. Lorsqu'il survient des besoins extraordinaires, les emprunts y sont faciles et avantageux , parce qu'elle leur donne pour appui son impôt foncier, qu'elle a su mettre en réserve pendant la paix; car la contribution foncière, par l'invariabilité de sa nature, la grande facilité de sa perception et de son augmentation, est la véritable réserve où les gouvernements puisent sans délais et sans efforts, les moyens de parer aux embarras imprévus; parce

qu'elle a dans les banques d'Angleterre, et d'É-
cosse, de puissants auxiliaires, organisés pour se-
conder en tout temps son action; parce qu'enfin
elle possède le précieux levier du papier-monnaie, qui a cours comme le numéraire, dont
l'habitude et la confiance protègent l'émission
et soutiennent la valeur.

Avant la guerre d'Amérique, la dette de l'Angleterre était relativement fort peu considérable (1). Le gouvernement anglais dut alors et
depuis recourir fréquemment au crédit; mais
il eut presque toujours soin de n'emprunter
qu'à l'intérêt le plus bas (en 3 p. 0/0), en sorte
que la plus grande partie de la dette, ainsi constituée, s'est trouvée ajoutée à une faible portion seulement, établie à intérêt plus élevé.

(1) La dette de l'Angleterre n'était en 1716 que de 3 millions
sterlings (environ 87 millions de francs); durant onze années
d'hostilités contre les États Unis de l'Amérique, elle s'est accrue
en capitaux valeur nominale de 3 *milliards* de francs, portant un
intérêt de 125 *millions*. A la fin de 1816, elle s'élevait en totalité
à 745 *millions* 300 *mille francs de rente* ou 20 *milliards* 407 *millions* 800 *mille francs*. Enfin, à l'époque du 5 janvier 1834, au
moyen de quelques réductions, elle se composait de 694 *millions*
551 *mille francs de rentes*, au capital de 18 *milliards* 830 *millions*
970 *mille francs*.

Quelle position favorable pour convertir! quelle puissante base d'action! Le fait seul d'une *grosse* dette à *bas* intérêt. destinée à en absorber une petite à intérêt supérieur, comprend tous les éléments de succès. Les emprunts nécessaires pour les remboursements, restreints aux exigences d'une minime partie de la dette, ont été d'une réalisation facile et profitable, et n'ont pu, en raison de leur peu d'importance relative, devenir une cause de dépréciation sur la grande masse de rentes dans laquelle ils sont venus se confondre. C'est dans ce fait seul de l'absorption d'une *petite* dette par une *grosse*, que se trouve la solution du problème de la conversion.

Mais ce point de départ, déjà si favorable, n'a pas paru suffisant. Puisqu'on veut à toute force imiter l'Angleterre, il faut voir avec quelle sagesse elle agit, de quelles précautions elle environne ses opérations financières. Le chancelier de l'échiquier commence par s'assurer du consentement de la majorité des rentiers à convertir, et ce consentement n'est jamais refusé, d'abord parce que la possibilité du remboursement, par les raisons données plus haut,

est une certitude acquise, un fait hors de con-
testation ; puis ensuite, parce que le fonds que
le rentier doit recevoir en échange du sien, lui
est offert *au-dessous du cours* de la place ; de
telle sorte qu'en le vendant au moment où il
donne son adhésion, le porteur peut immédiatement réaliser un bénéfice. Par ce moyen,
toute difficulté est aplanie, et la transition heu-
reusement ménagée. Le remboursement de
ceux des rentiers qui, pour une cause ou pour
une autre, n'ont pas consenti, s'effectue après
sans le moindre effort ; il est trop faible pour
pouvoir préoccuper un instant.

On conçoit qu'avec un tel point de départ,
avec une pareille sagesse dans l'exécution, tous
les dangers que j'ai signalés précédemment doivent disparaître. Ici pas de tiraillements, pas
de secousse, aucun temps d'arrêt dans les
transactions, dans la circulation, aucun trou-
ble dans la consommation, puisque l'opération
a lieu sur une fraction dont l'importance est li-
mitée, puisque le rentier convertit avec bénéfice,
ou tout au moins sans lésion sensible. La grande
masse de la dette reste intacte, immobile ; et
s'il en résulte, comme on ne peut en douter,

quelques effets partiels peu favorables, ils passent inaperçus, et sont entraînés dans le mouvement général.

Maintenant, sommes-nous dans une situation aussi favorable que l'Angleterre? Avons-nous la même position géographique, les mêmes ressources? Possédons-nous un crédit d'ancienne date, un impôt foncier disponible, un papier-monnaie à émettre, une banque colossale chargée depuis long-temps de la manutention de la dette, ainsi que des paiements du trésor, prête à appuyer la réduction de tous ses efforts et à l'adopter comme une affaire personnelle? Notre rente à convertir est-elle minime comparativement à la dette entière? Le fonds qui devra fournir aux emprunts du remboursement, a-t-il une base assez large, assez solide, pour supporter le poids de la conversion de la rente 5 p. 0/0?

Si l'on compare ensuite les moyens d'exécution, peut-on raisonnablement espérer le consentement de la majorité des rentiers? Est-il permis de songer à l'obtenir par la crainte d'un remboursement, je ne dirai pas probable, mais possible? A-t-on imaginé un bénéfice de con-

version à leur offrir, qui laisse la moindre
chance de ne pas écraser immédiatement le
nouveau fonds? Si rien de tout cela n'existe; si
notre position est diamétralement opposée à
celle de l'Angleterre; si aucuns de ses moyens
d'exécution ne sont praticables chez nous; si
nous avons des voisins plus ou moins jaloux,
plus ou moins disposés au premier moment à
devenir agressifs; si notre crédit est encore au
berceau, notre impôt foncier engagé; si, depuis la déconfiture des assignats, le nom même
du papier-monnaie ne peut plus être prononcé;
si enfin les rentes 5 p. o/o forment les trois cinquièmes de toute notre dette, et si les autres
fonds sont trop faibles pour présenter une base
certaine d'opérations, de quel droit vient-on
nous offrir ainsi les Anglais pour modèles? A
quelle stupide et funeste imitation veut-on donc
nous condamner?

Mais laissons là l'Angleterre et son exemple;
voyons si la mesure est praticable, et si les
moyens proposés peuvent en assurer le succès.

La première chose qui vient frapper l'esprit,
c'est la manière bizarre dont on procède dans
cette question. En proclamant la légalité du

remboursement; l'ancien ministre des finances, la commission, les partisans de la conversion, s'empressent d'annoncer que le remboursement intégral serait une mesure très difficile et dangereuse même, si réellement il s'agissait d'y avoir recours; mais que ce n'est *qu'une menace*, à l'aide de laquelle on a l'espoir de forcer la volonté des rentiers et de les amener à accepter une réduction d'intérêt qu'on n'a pas le droit d'exiger directement. On affirme qu'elle ne peut manquer d'amener une capitulation de leur part, et que 300 millions au plus suffiront pour rembourser les récalcitrants.

Il faut le dire au gouvernement, il y a dans cette manière de faire, échec à la bonne foi, et la violence, même morale, n'a jamais été un élément de crédit; il n'y a pas de mesure financière qui ne fût ainsi viciée dans son essence.

Il y a plus, qui donc veut-on surprendre ici? Quel effet peut-on attendre d'une menace que de prime abord on déclare vaine? Quelle influence est-elle de nature à exercer sur l'esprit des rentiers, qui savent à l'avance n'en avoir rien à redouter? Si on déclare ne pouvoir et ne vou-

loir les rembourser, qui les contraindra à accepter la conversion? Et en cas de refus que
fera-t-on? Reviendra-t-on au remboursement,
que l'on reconnaît aujourd'hui peu praticable,
dangereux, entraînant de graves inconvénients?
Mais une semblable mesure demande à être
préparée de longue main ; elle ne peut être
improvisée , brusquée; en pareille matière, la
précipitation serait à elle seule une cause d'impuissance ; d'ailleurs le succès du remboursement serait compromis par l'échec même de la
conversion.

Ce que l'on veut, c'est réduire l'intérêt, et s'il
est question de rembourser, c'est toujours pour
en revenir à la réduction. Pourquoi cette préférence? parce que dans l'état des choses, le
remboursement intégral est impossible; parce
que la réalisation *matérielle* de deux milliards
et demi, nécessaires pour satisfaire à la fois aux
besoins de plus de 130 millions de rentes
5 p. 0⁄0, est un rêve dont le réveil serait terrible,
si l'on était assez mal inspiré pour s'y abandonner; parce qu'enfin, en supposant cette réalisation faisable et faite, la concentration d'un
aussi immense capital et sa diffusion immé-

diate, sans ménagements, sur la place, serait le signal des plus épouvantables catastrophes publiques et privées, et qu'il ne se rencontrera jamais, il faut l'espérer, un ministre pour en proposer la tentative.

Mais, qu'on y prenne garde, si le remboursement est impossible, si tout le monde en convient, la conversion l'est également, puisqu'il n'y a que la peur du remboursement qui puisse la faire réussir. Où prend-on donc cette assurance de l'annoncer presque comme conclue? Sur quelle base calcule-t-on qu'une somme de 3oo millions suffira pour les récalcitrants? S'appuie-t-on sur l'exemple de l'Angleterre? Je crois avoir démontré qu'il était peu concluant pour nous. Cette confiance vient-elle de ce que le Portugal est parvenu à convertir 36 millions, et n'en a eu environ qu'un cinquième à rembourser? La France vaut bien le Portugal sans doute; mais encore une fois, toujours et partout, on convertira une faible somme de rentes, parce que toujours et partout un petit remboursement sera facile et certain; mais au-delà de deux milliards à remuer, personne n'y croira jamais; personne ne

croira même qu'on voulût l'entreprendre, si
on le pouvait, surtout lorsque le Gouvernement, les Chambres et les convertisseurs eux-
mêmes sont à la tête des incrédules.

La conversión ne saurait donc réussir, par
la raison que la rente à convertir se trouve
hors de proportion avec les autres fonds, et
que le remboursement, seul moyen de coerci-
tion, est notoirement impraticable, ce qui laisse
toute latitude à la résistance des rentiers. On
a cru faire une réponse suffisante, en témoi-
gnant une grande confiance, en affirmant la
certitude du succès, en disant que, pris au dépourvu et hors d'état de se concerter entre eux,
les rentiers ne pourraient s'entendre pour exiger tous à la fois leur remboursement, et qu'il
n'y avait qu'un petit nombre de refus à redouter.

C'est bien peu connaître le bon sens du public et la justesse de ses appréciations; il est
fort bon juge de ses intérêts, et, pour tout ce
qui les regarde directement, il n'est pas aussi
facile qu'on le pense de lui imposer, surtout
avec le système de publicité qui nous régit.
D'aileurs la conversion a et aura toujours un

adversaire redoutable dans l'inertie des masses, qui, hostiles à tous mouvements, par nonchalance, absence de calcul, sécurité fondée ou non, préférant voir venir les événements, laisseront faire l'opération sans y prendre aucune part, et attendront tranquillement un remboursement qu'on n'effectuera pas. M. de Villèle aussi, en 1825, dans un temps de grande prospérité, à l'abri de toutes inquiétudes, rêva dans son cabinet la conversion du 5 o/o ; il était également sûr de son fait ; elle était faisable, facile; il n'était plus permis d'en douter ; il avait mis en jeu tous les ressorts , appelé toutes les ressources, politiques même, à son aide, jusqu'à la reconnaissance de la république d'Haïti ! et le jour décisif tout a manqué, 30 millions de rente seulement, sur 170, se sont trouvés convertis, le reste a résisté par l'inertie ; et encore ces 30 millions si dociles, à qui appartenaient-ils ? aux receveurs-généraux, ou bien à de pauvres fonctionnaires courbés sous la verge de fer ministérielle, et craignant la destitution ; ce qui n'a pas empêché, quelques mois après, une crise terrible de venir compromettre une prospérité en progrès, par une baisse de 15 *francs* sur *le nouveau fonds;*

c'est que le crédit ne se laisse pas prendre de force, et que la ruse comme la violence sont également impuissantes.

Si la conversion doit nécessairement échouer, il semble peu important d'examiner les différentes formes sous lesquelles elle a été présentée. Voyons cependant, et parcourons ceux de ces moyens qui ont réuni le plus de suffrages.

Il faut d'abord bien préciser la masse de rentes et le capital, sur lesquels il s'agit d'opérer.

On a dit que, d'après la situation du grand-livre, au 1er octobre 1837, la dette 5 p. 0/0 se composait de 140 millions de rentes, dont 40 millions complètement immobilisés; ce qui réduisait les rentes à convertir à 100 millions, et le capital remboursable à deux milliards.

De son côté, l'ancien Ministre des finances, M. Humann, évalue les rentes conversibles à 132 millions, au capital de *deux milliards six cent quarante millions.*

Cette différence provient de ce que M. Humann n'admet aucunes exceptions, en faveur des rentes immobilisées au nom de divers établissements publics ; en cela il faut dire qu'il a complètement raison. Indépendamment de

ce qu'une fois entré dans le domaine des exceptions, on ne sait plus où l'on s'arrêterait,
puisque les raisons ne manqueraient pas pour
en réclamer en faveur des mineurs, des cons-
titutions dotales de femmes, des usufruitiers,
etc , etc.; de quel droit viendrait-on ajouter
aux privations du petit rentier, qui peut à
peine déjà satisfaire aux besoins indispensables,
lorsque dans le même temps on respecterait un
établissement public, *un être de raison?* fût-ce
même une maison de charité, il y aurait dans
ce privilége la plus cruelle de toutes les injus-
tices; car c'est pour les individus surtout que
la réduction sera lourde, et les corporations
n'en seront que médiocrement affectées. Pour
être équitable, pour être supportable en principe, la loi de conversion ne doit contenir aucunes exceptions, aucuns priviléges; s'il en
existe un seul, ce n'est plus qu'une loi de préférence et de faveur.

C'est donc une masse de 132 *millions de rentes,* au capital de *deux milliards six cent quarante millions,* que l'État aura réellement à convertir ou à rembourser.

M. Humann, homme de savoir et d'expérience, a bien vite compris qu'une opération aussi colossale ne pouvait être que partielle, et que, pour avoir la moindre chance de succès, le plan de conversion adopté devait présenter un avantage quelconque aux rentiers. Pour essayer de remplir ces deux conditions, il a imaginé, au moyen d'un tirage au sort, de diviser la totalité du 5 p. o⁄o en séries conversibles chaque année, et d'offrir, en échange, du 4 *p*. o⁄o *au pair*, en y joignant *huit* annuités d'un franc chacune, non productives d'intérêt, dont le montant serait prélevé sur l'amortissement. Il laissait l'option de convertir en 3 *p*. o⁄o, également *au pair*, avec des annuités plus fortes.

Malgré tout le respect dû au caractère et à la science de l'auteur du projet, il est impossible de ne pas reconnaître que ce plan, le principe même de la conversion justifié, n'était aucunement admissible.

Il a pour but d'effectuer la conversion en 4 *p*. o⁄o *au pair*, avec des annuités. Je dirai d'abord que convertir un fonds *au-dessus du pair*, par un autre fonds parvenu lui-même *au pair*, sera toujours une mauvaise opération, et que,

pour être juste, on doit aux rentiers, en dé-
dommagement d'une réduction sur l'intérêt,
la chance d'une augmentation sur le capital.
Or, cette chance n'existe pas sur une rente *au
pair*, remboursable elle-même, et les annuités
ne sont qu'une illusion, comme il n'est pas
difficile de le démontrer. D'ailleurs l'intérêt du
crédit veut, pour maintenir les fonds dans un
état de vigueur et d'activité, qu'ils soient toujours à distance *du pair*. Cette tendance continuelle à toucher au but, leur donne une
élasticité qui forme le principal ressort du
crédit.

Quel avantage résulterait-il donc d'une conversion en 4 p. 0/0 au pair? La baisse du taux
de l'intérêt en serait-elle la conséquence? En
aucune façon. Déclaré remboursable, privé du
secours de l'amortissement, le nouveau fonds
serait incapable de s'élever, et mériterait, comme
le 5 p. 0/0, le reproche de comprimer, par son
voisinage et sa supériorité relative, l'ascension
des autres fonds. Non seulement le développement, l'augmentation de toutes les valeurs, ces
points si essentiels à obtenir, ne se réaliseraient
pas; mais, par les raisons indiquées précédem-

ment, la nouvelle rente fléchirait bien vite
(comme le 3 p. o/o en 1825) sous un poids au-
dessus de ses forces, et réagirait défavorable-
ment sur le taux de l'intérêt. C'est seulement
par l'élévation du capital, qu'il est possible d'arriver à la baisse de l'intérêt d'une manière solide et durable; mais de la conversion il ne res-
terait qu'un changement de chiffre, sans profit
pour le commerce, pour l'industrie, et l'espoir
d'un bénéfice médiocre, dont je conteste d'ailleurs positivement la réalité.

À défaut de 4 p. o/o, les rentiers auraient
l'option de convertir en 3 p. o/o également *au
pair;* mais alors, comme compensation d'une
diminution de deux cinquièmes d'intérêt, et de
la différence du cours actuel de la rente (79 fr.)
au pair, il faudrait augmenter démesurément
le chiffre ou le nombre des annuités, ajouter,
au moment où on la déclare remboursable, un
capital immense à la dette en la dénaturant,
c'est-à-dire faire la plus funeste de toutes les
opérations, et retourner en arrière; en un mot,
annuler la consolidation de la dette, se replon-
ger dans le chaos inextricable des remboursements à échéance fixe, pour reculer *au-delà*

de 1850 cette économie que l'on recherche avec tant d'ardeur.

En examinant de près le système des annuités, la première réflexion qui s'offre à l'esprit, c'est qu'au moyen des *huit* annuités de 1 fr., la réduction se trouve réellement ajournée à huit années, et même plus loin en cas d'option pour le 3 p. 0/0. Pourquoi ce délai, si l'opération est tellement opportune? Pourquoi la faire, si l'opportunité n'existe pas? On a sans doute en vue d'offrir un avantage aux rentiers, pour les amener à bonne et facile composition, et les habituer à cette privation d'un cinquième de leur revenu. Eh bien, il faut le dire, non pas comme une intention, mais comme un fait, ces annuités sont un leurre, une illusion offerte aux rentiers; elles ne leur rendront aucun bénéfice; elles représenteront uniquement, *pendant huit ans*, la portion d'intérêt que la conversion doit leur enlever, et, au bout de ce temps, la transition sera aussi brusque, aussi peu ménagée, aussi pénible à supporter qu'elle l'eût été dès la première année. Ce système ajourne donc la réalisation de l'opération, il n'offre aucun avantage aux porteurs de rentes, et ne pourrait être accepté que si la menace du remboursement était sérieuse; comme elle est vaine, il manque complétement son but.

Le tirage au sort des séries ne doit pas être plus favorablement accueilli. Est-ce bien au moment où les jeux et la loterie viennent d'être abolis, qu'il peut être question de les faire revivre pour un sujet aussi grave, d'un intérêt aussi imposant? La fortune des créanciers de l'État sera-t-elle livrée à la merci d'un coup de dés, ou d'un tour de roulette? Indépendamment des reproches qu'il mérite en principe, a-t-on suffisamment envisagé toutes les conséquences de ce tirage. Une fois l'opération commencée, une ou plusieurs séries converties et remboursées, qu'il survienne un orage politique, des circonstances impérieuses nécessitant une interruption (cette prévision n'a rien d'improbable dans le cours de huit années), dans quelle situation respective se trouveraient les rentiers convertis et non convertis? Les premiers auraient éprouvé une perte sur leur capital, ou subi une forte réduction dans leur revenu; les seconds se trouveraient maintenus dans l'intégrité de l'un et de l'autre, et cela grâce à cette roue de fortune qu'il vous convient de faire mouvoir. La menace du remboursement se prolongerait donc indéfiniment, au risque de comprimer et de déprécier les cours, de paralyser les affaires, de rendre les transmissions de rentes 5 p. 0/0 difficiles et onéreuses. Qu'on y prenne garde, ce n'est pas ainsi qu'il est permis d'entendre la justice et l'égalité devant la loi ; et en dehors de cette justice, de cette égalité, qui ne comportent ni préférence ni exception, il faut bien savoir que toute perte subie par des porteurs de rentes serait une odieuse spoliation.

Autre observation : d'après le plan, il ne devrait être tiré qu'une série à la fois, afin de maintenir la sécurité du reste ; on conçoit cette prudence ; mais enfin la série tombée au sort ne pourrait être convertie ou remboursée le jour même ; il y aurait nécessairement un intervalle plus ou moins long après le tirage. Quelle serait pendant ce temps là la position des porteurs de cette malencontreuse série ? Que feraient-ils, en cas de besoin, d'une valeur ainsi stigmatisée et mise en quelque sorte en quarantaine sur la place ? La dépréciation l'aurait bien

vite gagné, et on verrait alors deux cours sur
le 5 p. 0/0, sur un même fonds, ayant les
mêmes droits, régi par les mêmes conditions.
A quelles conséquences bizarres un principe
légèrement posé ne conduit-il pas quelquefois!

Enfin, si les annuités ne représentent que le
cinquième d'intérêt enlevé aux rentiers par la
réduction, elles n'en seraient pas moins, en
raison de leur forme et de leur nature, une
surcharge pour la place, un aliment de spécu-
lations funestes au crédit, et pour l'État une
nouvelle dette que l'on instituerait en dénaturant l'ancienne. Le chiffre en a été porté à
une somme énorme, que d'autres ont trouvée
fort exagérée, et n'ont évaluée qu'à 208 millions,
réduits même à 175 par la défalcation de l'intérêt; prenons ce chiffre, qui s'élèverait beaucoup plus haut, peut-être à 400 millions, si la
conversion avait principalement lieu en 3 p. 0/0;
toujours est-il qu'il y aurait dette nouvelle à
échéance fixe (ce fléau des finances), créée sans
profit, sans nécessité aucune, sous une forme
insolite, susceptible d'entraîner de grandes
complications, et aux exigences de laquelle il
faudrait adapter des ressources spéciales.

Ces ressources, on les puise sans façon dans l'amortissement, dont l'ancien ministre lui-même a toujours défendu avec tant de force l'inviolabilité. L'amortissement, si mal compris par ceux qui l'attaquent, cette base de notre crédit, auquel nous devons la prodigieuse prospérité dont nous jouissons, l'amortissement joue vraiment de malheur ; tout le monde veut s'en emparer. Tantôt, c'est au profit de l'impôt du sel, tantôt c'est au profit du droit sur les boissons ; hier c'était en faveur des travaux publics, aujourd'hui c'est pour opérer la conversion. La raison en est facile à deviner ; on l'accuse sans le comprendre, sans en connaître même le mécanisme ; on y trouve un argent tout prêt, qui ne paraît pas avoir de maître, et dont personne n'est directement intéressé à contester l'usurpation ; de là toutes ces tentatives pour en faire la conquête. Il n'y a peut-être pas une attaque contre l'amortissement, qui ne cache un intérêt de spécialité ou une passion à servir.

Ce n'est point ici le moment d'approfondir une telle question, et de démontrer, je ne dis pas l'utilité, mais l'absolue nécessité, pour notre crédit et notre état politique extérieur, de conserver un amortissement fort et respecté. Je dirai seulement que, quel que soit l'état des opinions à cet égard, ce n'est pas incidemment, et en quelque sorte par surprise, qu'il peut être permis de trancher un sujet aussi important ; de détruire, en escomptant l'avenir, une institution qui, depuis vingt ans, se lie aussi intimement à nos progrès ; et que, si jamais l'amortissement doit succomber sous d'imprudentes agressions, ce ne peut être qu'après une discussion spéciale et mûrement approfondie.

L'examen du plan présenté par M. Gouin ne serait que la répétition de ce qui vient d'être dit plus haut. Ce plan ne diffère de celui de M. Humann que par le chiffre des annuités qu'il élève à 2 francs, et par le nombre qu'il réduit à six. Du reste, c'est le même projet, établi sur les mêmes bases et méritant les mêmes reproches.

Le gouvernement, qui paraît avoir senti les dangers, l'impossibilité même d'exécution de ces deux systèmes, qui a compris la haute portée de la question à résoudre, et la puissance des intérêts à ménager ; le gouvernement a cherché dans sa circonspection un terme moyen, susceptible de rendre la conversion plus facile, moins pénible, et d'éviter toutes complications. Il a donc annoncé la résolution de ne convertir qu'en 4 et 1/2 p. 0/0 (1). L'intention est bonne, mais cette mesure de juste-milieu ne satisfait à aucune des nécessités du sujet.

Il ne faut pas se bercer de vaines illusions; les rentiers n'accepteront aucune réduction, quelque faible qu'elle soit, si un remboursement *réel* n'est pas là pour les y contraindre. Or, le remboursement général est reconnu impossible, et une division en plusieurs séries, *tirées au sort*, serait un acte antifinancier, violerait expressément, au moins dans ses résultats, l'équité et l'égalité devant la loi. On doit y faire attention, l'État aujourd'hui n'est pas débiteur du capital de sa dette; mais, lorsqu'il aura fixé un délai pour convertir, *sous peine de remboursement*, il faut bien savoir que, le délai passé, s'il vient à interrompre l'opération, (et il peut y être contraint) sans effectuer ce remboursement promis, imposé, il se met morale-

(1) Charte 1830, novembre 1837.

ment en état de suspension de paiements, et la confiance est ébranlée. Ce moyen ne saurait donc être employé, et dès lors les rentiers ne voudront pas plus de 4 et 1/2 que de 4 ou de 3 p. 0/0. D'ailleurs, est-ce bien sérieusement que l'on propose une conversion en 4 et 1/2, en un fonds *au-dessus du pair*, conversible lui-même au premier jour, qui, dans l'hypothèse la plus favorable, ne produirait au trésor qu'une mince économie, et sur le taux de l'intérêt qu'un effet presque insensible? Est-ce bien la peine de créer une perturbation générale, d'infliger la gêne et les privations à de nombreuses familles, d'alarmer des intérêts que la conversion ne peut manquer de remuer profondément, pour arriver à de pareils résultats microscopiques, pour se constituer en état d'injustice vis-à-vis des rentiers, auxquels on doit au moins quelques égards, et à qui l'on imposerait ainsi brutalement une perte sèche d'intérêt, sans la plus légère éventualité de compensation? L'Angleterre n'en a jamais usé de la sorte avec ses rentiers; elle possède à un trop haut degré le sentiment des exigences du crédit, et elle n'entreprend rien sans un but d'utilité manifeste, et sans ménager soigneusement tous les intérêts.

On a cru répondre à ce reproche, en disant que si la réduction d'un demi pour cent était peu de chose, on serait à même de revenir prochainement à une nouvelle conversion. Quelle singulière manière d'entendre le maniement des finances! quelle ignorance des affaires! On s'imagine donc qu'il n'y a qu'à faire des lois; que le crédit est prêt à se ployer à tous les mouvements qu'elles auront mission de lui imprimer; que l'on peut impunément, reprenant en sous-œuvre une opération tronquée, bouleverser à chaque instant le même fonds, remettre en question la position et la fortune des mêmes rentiers, jeter enfin, sans ménagement, des éléments de troubles dans la société et de défiance dans les transactions? Une masse de rentes comme notre 5 p. 0/0, exerce, par son seul poids, trop d'influence non seulement sur les autres effets publics, mais sur toutes les valeurs en circulation, pour rester sans danger sous le coup d'une suspicion continuelle, d'une menace permanente; et cette épée de Damoclès, toujours prête à l'atteindre, ne tarderait pas à saper dans sa base une prospérité toujours croissante, et à compromettre sérieusement la fortune publique.

La conversion en 4 1/2 p. 0/0 ne peut raisonnablement être adoptée, même avec la condition de ne pas rembourser avant une époque déterminée. C'est une opération insignifiante, une grande perturbation sans résultat; c'est enfin, s'il est permis de le dire dans une matière aussi grave, la montagne qui accouche d'une souris.

En résumé, notre position est entièrement différente de celle de l'Angleterre; son exemple est donc sans application pour nous.

Le remboursement général et simultané est impossible; cette certitude acquise est un obstacle *moral* à toute conversion.

L'obstacle *matériel* se trouve dans la supériorité trop forte du 5 p. 0/0 sur les autres fonds.

Le remboursement partiel au moyen du tirage au sort est également impraticable; il est contraire à l'égalité devant la loi, et de nature à compromettre le crédit public.

Enfin aucun des moyens indiqués jusqu'ici ne paraissent susceptibles d'être accueillis.

L'appréciation des circonstances où la France se trouve en ce moment achèvera de former notre conviction.

LA MESURE EST-ELLE OPPORTUNE?

Que penserait-on dans la vie privée, d'un débiteur qui choisirait le moment où ses affaires ne seraient pas dans un équilibre parfait, pour imposer des conditions à ses créanciers, en leur présentant l'alternative d'un remboursement impossible? A coup sûr on ne manquerait pas de se récrier, on ne tarirait pas sur les singulières préoccupations d'un pareil homme.

Tel est cependant le spectacle que nous a offert en 1836, la discussion sur la conversion du 5 p. 0/0.

«Vous le voyez, disait-on, notre état habituel
» et permanent est d'être annuellement en dé-
» ficit de 15 ou 20 millions. Cette situation dif-
» ficile n'appelle-t-elle pas de la manière la plus
» sérieuse toute votre attention, et si le rem-
» boursement de votre dette doit mettre annuel-
» lement à votre disposition de 20 à 25 millions,
» n'est-on pas fondé à dire qu'il y a nécessité,

» vu l'état de nos finances, à réaliser le plus
» promptement possible cette grande opération?

» La réduction de la rente est indispensable,
» ajoutait-on ailleurs, parce que le revenu de
» l'État ne suffit plus à ses besoins. Pour y obvier,
» il faut de deux choses l'une, ou une augmen-
» tation d'impôts, ou l'économie que produirait
» l'abaissement de la dette (1). »

Tout cela est fort bien ; on signale l'existence
d'un déficit annuel, on résiste à l'établissement
toujours délicat de nouveaux impôts ; on préfère
entrer dans une voie d'économie, et la réduction de la dette se trouve présentée en première
ligne ; rien de mieux jusque là ; mais n'est-ce
pas précisément l'exemple de ce débiteur dont
il a été parlé plus haut? Vouloir économiser en
diminuant sa dette ne suffit pas, il faut encore
être en mesure de faire bonne contenance à tout
événement. Or, le meilleur moyen de ne pas
réussir dans une pareille entreprise, c'est d'en
proclamer à l'avance la nécessité.

On impose des conditions à ses créanciers,
quand on est dans l'abondance, quand on peut

_____

(1) Séances des 4 et 5 février 1836.

leur dire : Mes recettes excèdent mes dépenses, j'ai une réserve considérable à ma disposition ; je ne veux plus subir de lois trop dures : je consens à conserver vos capitaux, mais à condition que vous en baisserez l'intérêt ; si vous refusez, je vous rembourse, les écus sont là.

Personne ne doutera certainement de l'efficacité d'un pareil langage, et cependant n'est-il pas la contre-partie exacte de celui qu'ont tenu les partisans de la conversion pour faire prévaloir leur système ?

Il faut bien se pénétrer de cette vérité, qu'une réduction de la dette est un fait de prospérité, et non de déficit. C'est le trop plein, ce n'est pas la disette, qui peuvent justifier l'opération. Si vos dépenses outre-passent vos recettes, si vos finances éprouvent quelque embarras, si les affaires sont en souffrance, subissez la loi, attendez, en les préparant, des temps meilleurs, et n'en reculez pas indéfiniment l'approche par une précipitation inexcusable ; car la rigueur de cette proposition est invincible : il y a déficit, donc il n'y a pas lieu à réduction.

Les mesures de finances ne peuvent être le produit du caprice ou de l'engouement ; l'argent est le compagnon fidèle du calcul prudent, de la confiance, du crédit ; tout cela ne s'emporte pas d'assaut, comme les remparts d'une ville. Voyez l'exemple du président Jackson, en Amérique : il a voulu faire de la prospérité le sabre à la main ; ses intentions étaient bonnes assurément, peut-être même son plan n'était-il pas dénué d'une certaine raison, puisqu'il se rattachait à la politique intérieure du gouvernement ; mais il a eu le tort immense de vouloir l'établir de vive force dans les vingt-quatre heures, comme un général vainqueur qui dicte une capitulation. Une crise épouvantable en a été la suite immédiate ; elle est venue dévorer les richesses de son pays, rompre les relations, bouleverser les fortunes, anéantir, pour long-temps peut-être, le crédit et la confiance.

Cette crise a traversé les mers, menaçant l'Europe ; elle a lutté corps à corps avec une nation puissante, dans l'essor de son industrie, et lui a laissé de déplorables traces de son passage. Si la France a été plus ménagée, elle le doit à la médiocre extension de ses affaires ; mais elle a vu cependant ses transactions embarrassées et ralenties, son commerce en souffrance, ses fabriques condamnées à l'inertie. Enthousiastes de la conversion, quelle eût été la destinée de notre pays, si, l'an dernier, on eût inconsidérément cédé à votre entraînement ? « Tout était « en voie de progrès, disiez-vous ; l'époque était » favorable ; on pouvait invariablement compter » sur l'avenir. » Et, dans le moment où vous parliez, la tempête grondait au loin ; elle arrivait terrible, et devenait peut-être un élément de destruction pour le crédit, si nos finances, sur la foi de vos vaines promesses, eussent été engagées dans votre gigantesque opération. Calculez la portée des conséquences désastreuses que vous auriez été les premiers à déplorer, et tirez-en cet enseignement que les questions financières doivent toujours rester dans une atmosphère inaccessible aux passions.

Les circonstances sont-elles aujourd'hui assez favorables, pour permettre la réalisation certaine et sans danger d'un remboursement comme celui de la rente 5 p. o/o ? Je ne saurais le reconnaître ; mais il est vrai que le trésor est en ce moment dans l'abondance. Les partisans de la conversion, après avoir sollicité cette mésure, il y a deux ans, *au nom du déficit*, vont-ils la réclamer aujourd'hui, *en* raison de l'abondance? Le fait paraîtrait singulier, et néanmoins ce dernier motif serait plus raisonnable que l'autre. Toutefois il faut rechercher de quelle nature est cette prospérité actuelle du trésor, si elle n'est pas transitoire, et plutôt superficielle que fondée. Or, elle se compose des 5o ou 6o millions d'amortissement afférents au 5 p. o/o et aux autres rentes au-dessus du pair, des versements de la caisse d'épargne, s'élevant à environ 100 millions, et du produit des bons royaux. Est-ce bien uniquement sur des fonds de cette nature qu'il est permis de compter pour entreprendre une opération aussi lourde, aussi compliquée que celle de la réduction? L'amortissement n'a-t-il pas une destination spéciale, quoique suspendue en ce moment, et le moindre événement imprévu, rejetant la rente au-dessous du pair, ne peut-il lui restituer son action? Cet argent est-il donc véritablement disponible, est-il devenu la propriété du trésor, de manière à pouvoir être employé sans restrictions? Non, *il séjourne* dans sa caisse comme un dépôt sacré, dont la disposition est faite à l'avance, et ne saurait légalement être détournée.

Le produit des caisses d'épargne est également un argent *confié* au trésor ; il lui est loisible d'en faire ressource à la vérité, mais ressource momentanée, à courte échéance. Il n'est pas déraisonnable de prévoir une circonstance fortuite qui, par panique ou par toute autre cause, porterait les possesseurs de livrets de la caisse d'épargne à se présenter brusquement pour retirer leurs capitaux. Cette demande, dans un temps de prospérité, sera toujours insignifiante, et le trésor pourra faciment y satisfaire par le secours des bons royaux. Mais le produit des bons royaux eux-mêmes n'est pas un *avoir*, c'est une dette flottante, à échéance fixe. Et s'il existe des embarras, si, après s'être embarqué dans la conversion, une difficulté extérieure se manifeste, comment le Trésor sera-t-il en mesure de faire face à tous les besoins ? comment pourra-t-il donner suite à la conversion, s'il doit restituer le fonds d'amortissement et l'argent de la caisse d'épargne ? comment les restituera-t-il, s'il les a d'avance engagés dans le remboursement ? On le voit, le trésor

est riche en ce moment, mais riche de l'argent
qui ne lui appartient pas, et qui peut lui échap-
per à chaque instant.

Sans doute la crise s'est adoucie, les affaires
deviennent plus faciles, nous marchons vers une
amélioration soutenue ; mais, si le mal est très
atténué, il n'est pas complétement guéri. Le
Trésor peut être dans l'aisance, il peut avoir
même des écus sans emploi, et cependant on se
tromperait étrangement si l'on voulait, sur une
prospérité aussi éphémère, juger de l'état réel
du pays. L'incertitude des esprits, le manque
de confiance dans les placements, ont pu faire
affluer vers un point central les capitaux oisifs,
et créer la surabondance actuelle du Trésor ;
mais il n'en est pas moins vrai que les valeurs
n'ont pas retrouvé leur mouvement d'ascension,
que les transactions n'ont pas repris cette activité, cette vigueur qui dénotent seules la réalité
et la généralité d'une situation prospère, sans
lesquelles il sera toujours imprudent de tenter
l'accomplissement d'une grande mesure.

L'Angleterre, de son côté, frappée bien plus
fortement que la France par la crise commerciale, n'est pas encore complètement remise de

ses efforts ; elle a bien des plaies encore à cica-
triser. Si la banque a baissé le prix de ses escomp-
tes, elle n'a pas jusqu'à présent rétabli son ancien
taux. L'Amérique, cause et victime première du
désastre, commence à peine à respirer à la suite
d'un choc aussi terrible ; partout enfin on se
trouve au *lendemain* de grandes souffrances.
Et nous irions, faibles encore que nous sommes, nous lancer dans une entreprise colossale,
qui demande toutes les forces de la plus écla-
tante prospérité, et, par une impatience injus-
tifiable, lorsque tout se prépare à grandir autour de nous, compromettre un si bel avenir
dans les chances plus qu'équivoques d'une conversion! A Dieu ne plaise qu'il en soit ainsi!
ce serait faire trop beau jeu à nos ennemis.

Les finances et le crédit d'un grand empire
sont l'arme la plus puissante de sa politique.
C'est dans le crédit public que se trouvent les
moyens de défendre l'indépendance nationale,
de maintenir à l'intérieur l'ordre, la liberté, le
bien-être. Tout ce qui paraîtrait de nature à y
porter atteinte, à en embarrasser les ressorts,
à en gêner le développement, sera toujours
soigneusement écarté par un gouvernement

jaloux de ne pas s'abandonner en aveugle à la merci des événements. La France, il ne faut pas l'oublier, n'a pas encore pu se faire pardonner par les puissances du Nord, sa révolution de Juillet. Elles l'eussent écrasée à sa naissance si, instruites par l'expérience du passé, elles n'avaient redouté les funestes conséquences d'une agression contre un peuple ardent, naturellement guerrier, présentant une masse compacte, et en possession de grandes ressources. Elles ont dû se résigner à l'existence d'une forme de gouvernement qui leur est antipathique, bien décidées cependant à saisir la première occasion, à profiter du premier signe de faiblesse que notre imprudence pourrait leur offrir. Depuis sept ans, de mesquines bouderies, de ridicules bravades n'ont cessé de constater cette impuissance et cette mauvaise volonté.

Mais faites cesser cette crainte salutaire, qui les a retenues jusqu'ici ; embarrassez vos finances dans des opérations mal conçues, ou compromettant l'avenir du crédit, et vous les verrez bientôt venir vous demander compte de la peur que vous inspirez, et disperser en lambeaux votre indépendance et vos libertés. Qu'on ne dise pas que j'exagère à dessein ces dangers, que j'évoque des fantômes menaçants pour le seul désir de les combattre; non, je laisse parler l'histoire de tous les temps et de tous les peuples. Autant que personne je crois en la fortune de la France, j'ai confiance dans le courage et l'énergie de ses enfants; autant que personne, je veux la voir grande et fière, honorée de ses alliés, redoutée de ses ennemis; c'est précisément pour cela qu'il ne faut pas gaspiller ni jeter au vent les éléments de sa puissance; c'est pour cela que je me crois autorisé à vous dire : On vous respecte, parce que l'on vous sait forts; devenez faibles, dissipez ou engagez mal à propos vos ressources, et l'on en profitera pour vous écraser.

Notre belle France a mieux à faire qu'à donner cette joie à ses envieux. Plusieurs exemples récents en témoignent, l'horizon politique n'est pas assez dégagé de nuages pour lui permettre de s'enfoncer dans des projets douteux, qui occuperaient exclusivement son action. La plus brillante prospérité, une attitude noble et digne lui appartiendront toujours, lorsqu'oubliant ses querelles intestines, elle saura concentrer toutes

ses forces sur des améliorations d'un intérêt
vraiment national. Ses finances, qui suffisent à
ses besoins pour la paix, réclament impérieu-
sement un complément pour l'état de guerre;
car la guerre est un des éléments obligés de
toute société constituée, et doit entrer dans
toutes les prévisions. Or, notre système actuel
n'est pas en état de satisfaire aux exigences de
la guerre, qui bientôt en aurait distendu tous
les ressorts. Il faut se presser de le renforcer ;
c'est là un point capital digne des méditations
de l'homme d'État, et d'où peuvent dépendre
un jour le bonheur et l'indépendance du pays.
Au lieu de se fatiguer à la recherche d'économies, nécessairement peu importantes ; au lieu
de se perdre en déclamations injustes et souvent
absurdes contre l'amortissement, et de vouloir
lui ouvrir les entrailles pour en extraire des
trésors bientôt dissipés, il faut en comprendre
la puissance, en mieux régulariser l'action, et,
au moyen des appuis qu'on lui trouvera dans
les divers rouages de la fortune publique, en
faire le levier qui doit soulever le monde financier. J'aurai sans doute occasion plus tard
de m'expliquer sur cette importante question.

L'agriculture, le commerce, l'industrie réclament une vaste application de travaux publics, qui doivent leur donner une vie nouvelle.
Nos communications sont insuffisantes ; la vi-
cinalité, ce premier principe de toute sociabi-
lité, de toute consommation, n'existe pas ; nos
fleuves et nos rivières s'engravent, nos ports
menacent d'être bientôt encombrés, et au lieu
de tourner toutes nos pensées vers ces grands
besoins, de chercher le remède à ce fantôme
de déficit qui nous effraie dans l'augmentation
de nos recettes, dans le développement de toutes les voies de prospérité, nous descendons de
la hauteur de ces vues à d'étroites combinaisons, nous songeons à dépenser dans l'emploi
de moyens, au moins incertains, les véritables
forces vitales de la France. Nous le pouvons, au
risque de compromettre la fortune publique, et
de la sacrifier aux plus mesquines considéra-
tions.

L'application d'un système de conversion est
repoussée aujourd'hui par la plus vulgaire prudence, par l'intérêt bien entendu du pays. Ce
n'est pas au moment où la péninsule espagnole
est en proie à toutes les horreurs de la guerre

civile, où notre intervention, demandée et re-
fusée plusieurs fois, peut devenir un acte forcé,
obligatoire, indépendant de toutes les volontés;
ce n'est pas au moment où la Belgique peut à
chaque instant réclamer nos secours, où le Le-
vant appelle sérieusement notre attention, où
nos relations avec le Nord sont peu amicales,
qu'un gouvernement, sorti d'une révolution encore récente, doit volontairement s'imposer les
embarras et les dangers d'une telle entreprise.
Que la tactique des partis s'en empare, je le con-
çois, il faut bien que les partis vivent; mais les
masses intelligentes, étrangères aux passions,
doivent s'éloigner, quant à présent au moins,
d'une mesure légale sans doute, que l'on
pourrait rigoureusement appliquer, si elle n'é-
tait toujours dangereuse, et, dans notre situation intérieure et extérieure, d'une inopportu-
nité incontestable.

QUELLE DOIT ÊTRE LA SOLUTION ?

Si j'ai réussi à démontrer que le remboursement, fondé sur une légalité rigoureuse, n'est
ni utile en principe, ni praticable comme on

l'entend, ni opportun, il semble qu'il n'y ait plus rien à dire, et qu'il doive suffire d'en abandonner le projet. Je ne crois pas cependant avoir complétement rempli la tâche que je me suis imposée.

En effet, la situation n'est pas ce qu'elle était avant l'annonce du remboursement. Tant que cette question restait en dehors du pays légal, qu'elle était un simple objet de conversation privée et de crainte lointaine, que les transactions n'en étaient pas sérieusement affectées, le gouvernement n'était point obligé d'intervenir et de prendre une détermination. Mais aujourd'hui que les inquiétudes les plus vives ont été éveillées, que des intérêts importants se sont alarmés, que la France entière est dans l'attente d'une grande décision, il y a véritablement péril en la demeure, et on ne pourrait sans injustice et sans inconvénients, prolonger indéfiniment un état de choses aussi précaire. Cette menace toujours incessante du remboursement, qui depuis dix ans a rendu le crédit public stationnaire en France, ne paralyse pas seulement le 5 p. 0⁄0, lequel pèse à son tour sur les fonds inférieurs dont il arrête l'essor; il

en résulte encore un refoulement, une dépréciation, sur les autres valeurs. Tout se tient et
s'enchaîne dans l'ordre social ; il existe entre
les divers éléments constitutifs de la fortune
d'un pays, une solidarité telle, que si une circonstance grave vient à altérer la confiance et
à déprimer une ou plusieurs valeurs, toutes les
autres en reçoivent immédiatement le contre-
coup; les bourses se resserrent, le mouvement
de circulation est ralenti. A plus forte raison
doit-il en être ainsi, quand cette cause de dépréciation se trouve agir directement sur une
masse d'effets d'un capital de plus de 5 milliards, servant de régulateur à la fortune publique.

Depuis l'annonce si intempestive du remboursement, nos fonds subissent une influence
de baisse dont on ne saurait calculer la portée;
les transactions sont refroidies ; les valeurs industrielles elles-mêmes, si animées naguère, si
recherchées par la spéculation, restent sans
preneurs ; l'inquiétude et l'indécision sont partout. Perpétuer cet état de choses serait attaquer
la prospérité dans sa base ; essayer d'en sortir
par un ajournement pur et simple, serait con-

server un germe de perturbation que le temps développerait de plus en plus, et rendrait l'opération plus difficile d'exécution, sinon impossible, plus lourde pour la place, plus onéreuse pour l'État et pour les rentiers. Enfin la surabondance actuelle du trésor, maintenue avec soin dans la prévision d'un emploi nécessaire au remboursement, exige une prompte décision, sous peine de voir une masse importante demeurer indéfiniment improductive, et amener en s'accumulant, un encombrement nuisible à la circulation et au service actif des capitaux.

Il y a donc nécessité, urgence dans l'intérêt général, de prendre un parti définitif.

Si l'amortissement n'eût pas été aussi mal compris, si on en eût étudié avec plus de soin les ressorts et la portée, jamais on n'eût conçu la pensée des lois du 1ᵉʳ mai 1825 et du 10 juin 1833, qui interdisent l'action de l'amortissement sur les fonds *au-dessus du pair*. Depuis cette époque, nous avons un amortissement qui n'agit plus sur la majeure partie de notre dette ; à quoi sert-il ? et si on le détruit, et que la rente vienne à baisser, que nous ayons des emprunts à contracter, qui les facilitera, qui les rendra moins onéreux en les rachetant à bas prix, qui soutiendra le cours des effets publics ?

De quel droit d'ailleurs les a-t-on privés de cette action salutaire ? où l'a-t-on trouvé ce droit, je ne dis pas écrit, formulé , mais simplement indiqué ? On a craint que l'État, débiteur seulement de 100 francs par 5 francs de rente, ne fût lésé en rachetant au-dessus du pair ; cette crainte est sans fondement. L'amortissement, il est vrai, en agissant au-dessus du pair, paye au-delà du capital dû par l'État, mais qu'importe ? c'est de la rente seule que l'État est débiteur ; si le rachat se fait à un prix élevé, n'est-il pas dédommagé et bien au-delà d'une perte, légère après tout, par le mouvement de prospérité qui suit l'élévation de la rente, par la baisse du taux de l'intérêt, par tous les avantages et droits indirects qui en sont la conséquence. Lorsque le capital d'une dette s'élève et que l'intérêt diminue, peut-on douter qu'il y ait accroissement de bien-être général et bénéfice véritable en faveur du fisc ?

Admirons, en outre, la capacité arithmétique de ces zélés défenseurs du Trésor : ils interdisent le rachat du 5 p. 0/0 à 101 , et permettent celui du 3 p. 0/0 à 90, 95, 99; de telle sorte que 3,000 fr. de rentes, qui, rachetées au cours actuel, auraient coûté, en 5 p. 0/0, 64,110 fr. (trois mois de coupon défalqués), reviennent, en 3 p. 0/0, à 79,300 fr., et laissent une différence de 15,190 fr. à la charge de l'État : 15,190 fr. sur 64,110 fr. de capital, près du quart de la somme totale. De quelles étranges préoccupations ne subit-on pas quelquefois l'empire!

Si donc, repoussant ces imprudentes lois de 1825 et 1833, on eût laissé à l'amortissement toute liberté d'action sur les fonds même au-dessus du pair, et qu'on se fût abstenu de prononcer cette menace de remboursement, le 5 p. 0/0 serait maintenant au-delà de 125, à l'intérêt de 4 p. 0/0 au plus, et le 3 p. 0/0 serait à 90, produisant 3 1/3.

Par ce seul fait, tous les avantages que l'on se promet du loyer des capitaux à bas prix, étaient obtenus; la baisse du taux de l'intérêt, but principal du remboursement, était réalisée; le Trésor perdait, sans doute, le bénéfice immédiat de ces quelques millions dont on est si désireux de le doter; mais il trouvait une ample

compensation dans la plus-value des contributions indirectes et des mutations, favorisée par
le redoublement d'activité imprimé aux affaires
et à la consommation.

Qu'on se reporte au mois de floréal an x, lorsque le premier consul ne craignit pas de rétablir un intérêt de 5 *p.* o/o *exactement payé*,
que l'on n'espérait plus, sur une rente dont le
capital se vendait *huit* francs à la Bourse; qu'on
suppute les avantages et les conséquences de
cette mesure hardie, et l'on verra ce qu'une
rigoureuse fidélité aux engagements, des sa-
crifices faits à propos rapportent au trésor
public, et valent pour la prospérité d'un pays
à l'intérieur, comme pour son influence au
dehors.

Si enfin, dans une telle situation, la conversion devait être tentée, elle devenait du moins
possible par la certitude de l'accomplissement
des emprunts nécessaires pour l'effectuer, par
la réalité de la menace du remboursement, et
aussi par l'exiguïté du sacrifice à exiger des
rentiers sur l'intérêt. Voilà ce qu'il était permis
d'espérer d'une position bien ménagée, et ce
qu'une précipitation peu clairvoyante est venue

détruire. On s'est donné bien du mal depuis quelques années, pour s'éloigner du but auquel on voulait parvenir.

Quoi qu'il en soit, la nécessité de prendre un parti est incontestable ; le plus naturel, le plus efficace, le plus *financier*, c'est de reconnaître la faute faite, d'abroger de mauvaises lois qui paralysent l'élan du crédit, de réintégrer l'amortissement dans la plénitude de ses droits, et de renoncer à tout projet de remboursement ou de conversion. Alors les inquiétudes cessent, le crédit est raffermi, les diverses valeurs retrouvent la faveur du public ; les fonds, et notamment le 5 p. 0/0, s'élèvent rapidement ; la baisse de l'intérêt en est la conséquence (baisse durable, parce qu'elle serait amenée naturellement), et tous les avantages de la conversion sont obtenus ; ils sont obtenus sans secousse, sans tiraillement, sans sacrifice pour personne ; la prospérité générale en fait seule les frais. Le Trésor retrouve, et au-delà, sur les impôts indirects, tout ce qu'il a payé au-dessus du pair ; et pour des emprunts nouveaux, cette manière large et loyale de procéder lui permettra de les contracter à des conditions meilleures, qui lui produiront dans une proportion beaucoup plus forte.

S'il est objecté que le non-remboursement et le jeu de l'amortissement élèveraient le 5 p. 0/0 à un taux exorbitant et préjudiciable aux intérêts de l'État ; que d'ailleurs, pour racheter, il faut trouver des vendeurs, et qu'ainsi l'extinction pourrait ne jamais avoir lieu, il serait facile de répondre qu'on trouve toujours des vendeurs ; que le prix fait tout, et que ce prix aura nécessairement pour limite le taux d'intérêt présenté par les autres fonds, puisqu'il est évident que si le 5 p. 0/0 pouvait s'élever outre mesure, à 200 francs par exemple, il ne présenterait plus que 2 et 1/2 d'intérêt, c'est-à-dire un revenu moindre que les autres valeurs, et serait bien vite déprimé par l'abandon des rentiers, qui donnent toujours la préférence aux meilleurs placements ; autrement, ces valeurs s'élèveraient dans la proportion, et l'État y gagnerait encore. Ainsi, le remède se trouverait dans la trop forte élévation même ; il n'est pas permis de le révoquer en doute, et l'entêtement et le mauvais vouloir, si on les redoutait, seraient passagers comme les personnes.

De cette manière, l'extinction complète et insensible du 5 p. o/o aurait donc invariablement lieu dans un temps donné, selon la pensée primitive qui a présidé à la création des rentes perpétuelles. Ainsi se trouverait résolue la question si épineuse du remboursement et de la baisse de l'intérêt, et cette solution serait obtenue, comme il vient d'être dit, par un moyen doux, facile d'exécution, sans ébranlement, sans perte pour les rentiers ni pour le public, et au grand avantage du Trésor.

Au moment où j'écrivais ces dernières lignes, M. le ministre des finances présentait à la Chambre des députés le budget de 1839, et annonçait que le remboursement, désormais reconnu en principe, était un devoir imposé au gouvernement, dès que les circonstances le permettraient ; cette déclaration modifie l'état de la question. Si le gouvernement a définitivement pris son parti ; s'il est décidé à faire un *essai*, on doit penser que, sans avoir égard aux projets déjà présentés, dont les dangers sont incontestables, il est plus ou moins fixé sur le moyen convenable à employer. En effet, le principe que je conteste une fois admis, il est possible de concevoir un mode plus simple, plus facile, présentant un bénéfice plus important que les plans proposés jusqu'ici, et atténuant le sacrifice imposé aux rentiers; mais je n'en persiste pas moins à maintenir que, dans notre position et avec nos ressources actuelles, le remboursement et la conversion sont une opération mauvaise dans leur essence et dans leur application. Le délai obligé dont a parlé M. le ministre des finances, permet encore d'espérer que, mieux éclairé par le temps et par les discussions qui vont s'ouvrir, le gouvernement et l'opinion repousseront une mesure qui ne vaudra jamais les embarras qu'elle aura causés; et rentrant, par l'abrogation des lois qui s'en écartent, dans la voie des saines doctrines financières, placeront la France au niveau de la nation la plus avancée en prospérité matérielle et en crédit public.

FIN.

ERRATUM.

Page 13, ligne 24, *au lieu de* 1835, *lisez* 1825.

AMENDEMENT

PROPOSÉ

Sur le projet d'Adresse au Roi.

PAR M. H. SEVAISTRE.

Paragraphe 9.

Nos finances sont dans l'état le plus prospère, et cette prospérité, qui ne pourra que s'accroître par l'économie.......

Je propose de dire : par une *économie plus sévère* dans les dépenses, etc.

(N° 7. — 13 *Janvier* 1838.)

Chambre des Députés.

SESSION 1838.

FEUILLETON

N° 16.

Les Billets d'entrée pour la prochaine Séance comprendront la 6e Série.

AVIS.

Les Questeurs ont l'honneur de prévenir MM. les Députés, DONT L'ADMISSION A ÉTÉ PRONONCÉE, qu'ils peuvent retirer la Médaille de la Session 1838, aux Archives de la Chambre.

ORDRE DU JOUR

Du Samedi 13 Janvier 1838,

A UNE HEURE,

SÉANCE PUBLIQUE.

Suite de la discussion du projet d'Adresse.

www.ingramcontent.com/pod-product-compliance
Ingram Content Group UK Ltd.
Pitfield, Milton Keynes, MK11 3LW, UK
UKHW020310130726
13696UKWH00003B/986